文学鲁军新锐文丛

田暖卷

万物闪耀

诗集

山东省作家协会 编

山東文藝出版社

图书在版编目（CIP）数据

万物闪耀 / 田暖著 . —济南：山东文艺出版社，2021.1

（文学鲁军新锐文丛）

ISBN 978-7-5329-6107-8

Ⅰ . ①万… Ⅱ . ①田… Ⅲ . ①诗集—中国—当代

Ⅳ . ① I227

中国版本图书馆 CIP 数据核字 (2020) 第 046678 号

万物闪耀

WANWU SHANYAO

田暖卷

山东省作家协会　编

主管单位	山东出版传媒股份有限公司
出版发行	山东文艺出版社
社　　址	山东省济南市英雄山路 189 号
邮　　编	250002
网　　址	www.sdwypress.com
读者服务	0531-82098776（总编室） 0531-82098775（市场营销部）
电子邮箱	sdwy@sdpress.com.cn
印　　刷	山东德州新华印务有限责任公司
开　　本	680 毫米 ×1000 毫米　1/16
印　　张	17　插页 /2
字　　数	270 千
版　　次	2021 年 1 月第 1 版
印　　次	2021 年 1 月第 1 次印刷
书　　号	ISBN 978-7-5329-6107-8
定　　价	48.00 元

《文学鲁军新锐文丛》

（第四辑）

编辑委员会

目录

第一辑

在光的诞生之地

安慰之诗

当绵软的风，终于吹得你辽阔无疆
你可以呼吸花香，在刀俎之上

落日正从胸口喷出，灰暗之上的星空
一纸幽蓝的静
轻轻就压住了万千雷霆

仿佛山峦崩塌——
无法承受的境遇，终于使你获取了
飞翔的轻功——这生活的假释者呵

月光般轻轻滑翔着
柔软的羽毛，带着梦幻的力量

“咕咕——咕咕——”发出
也许并不是“咕咕”的叫声，却神启一样

让你感到神秘鸣叫的光——正绵软地洒向你

即使它拔不起深陷刀锋的手脚
即使它短暂得仿佛一行无用的诗
却还在安慰着，一个已经无法安慰的世界

（原载《诗刊》2015年第2期上半月刊，入选辽宁人民出版社《2015最佳中国诗歌》、中国文联出版社《山东诗人60家》）

在光的诞生之地

那时我们住在一所天然的疗养院
泥土里翻滚的草木之心
闪烁如发光的鱼鳞
雏菊、石竹、牵牛花和野蔷薇一茬茬
开在山岗隆起的坟地
也在我们的院子里跳舞

我们过着节衣缩食的日子
家里没有电灯，没有收音机和闹钟
电视、网络和高铁是后来的事情
书里记载着第一颗通信卫星飞上天空的消息
人们在这里忘记了暮鼓和晨钟的更迭
困倦时就搂着猫咪或小狗睡去
年轻而健康的鼾声，黄牛一样有力

梦里的爷爷除了耕种就是修墙

父亲已经成为这片土地最好的技师
除了鬼魂
我还知道人的灵魂像梦落下的影子
可在梦里我们总会撞到南墙
就像灵魂反复折磨着肉身
除了忍耐、坚持和爱
不断吹来的风总不停地重整旗鼓
我们在梦中得以慰藉

多年以后蓦然醒来的人
抚摸着脸颊上高一只低一只的酒窝
一只盛满了土
在江河与群山之间建筑着生活的琼楼
一只盛满了天
镜子似的照着这光的诞生之地

从远处归来的还乡者，多少年来
依旧是那个提着马灯的孩子
走在归途，好像奶水流淌在蜿蜒的小路

（原载《时代文学》2017年第10期，2017年获省作协“喜迎十九大征文”诗歌一等奖，入选江苏凤凰文艺出版社《2018诗歌年选》《诗刊·新时代》）

父亲的井

秋天的午后，他一丝不苟
缠卷好水管，用衣角擦净电机上的泥巴
他的长臂小心翼翼地
再一次把它们挂在水井壁上
是的，他正把它们深藏在井里
虔诚得像完成一种古老的仪式
在鸟啼虫鸣的细响深处
偶尔，我也会听到那些突然掉落到井底的
石头或泥块的回声
那些因突然失手而坠落的命运
从看不见的深处，发出尖锐的脆响
此时大地上正翻滚着枯黄的秋风
这让我更加担心
他一天比一天老了，双手也不由自主地颤抖
但他还是很快将井口盖好石板
再将石头压上石板

他不厌其烦给这张钟摆的面孔装上隐秘的动力
的确，当一个人的源泉被管状的吸力
源源不断地提起，又不断地被坠落
在不断往回的可能里
只有源源不断的水，合奏着悲欢的叹咏
盎然流淌在困乏之中，从父亲的果园和田间
闪动着，丰润的回声

（原载《诗刊》2015年2月上半月刊，入选长江文艺出版社《2017年中国诗歌精选》，《诗人文摘》2018年第7期转载）

儒　地

猛然被惊醒
说不上是钟声，是时间，还是更神秘的
在兴隆塔下听心经
我感到自己像量子物理学上的零点能量
一个人总有磨灭不了的
向北，孔子曾指着我身边的泗河说
逝者如斯夫，泰岳以北
风雪如席，天下归仁
向南，是陋地
在矿区的塌方之后再筑楼台阁宇
火车一声长鸣
曲水流觞，向南鼓风而歌
天涯海角有牵肠挂肚的阿妹和大哥
一直向东，穿过群山便是大海
咆哮，狂野，包容，而又仁慈
一路向西，茫茫声响

惊慌而又慷慨
世间有太多可能安得我心
我在这里读圣贤书
一粒微尘有万千经卷
我有内忧也有外患，我有毒更有解药
一个人向四面八方张望时
万物映现我——无穷小，又无穷大
我将在这里终老
将梦一般返回花朵、树叶和每一阵风中

（原载《山东文学》2018年第4期上半月刊，入选2017年中国作协定点深入项目，获山东省作协“纪念改革开放40周年”一等奖）

镜 像

天空：冠以雨露，鸟鸣，流云，翙翙其羽
更高的悬崖，更远的空

而庭院：冠以温暖，福慧，同心扣，琴瑟齐发齐奏
终好和终老；以及无尽苦海寻得的那一点点蜜

四时：冠以明媚，夏花，雷电，风流云散
无法揣测的转圜、和旧梦

湖泊：冠以不受驯的影子，海市蜃楼，天空波荡的理想
而废墟：冠以初恋的美好，桑榆晚景，与潦倒成灰的结局

殿堂：冠以棋子，棋手，制衡，五毒与兔死狗烹
寺宇：冠以万念俱空；或宁静、或钟声；或燃着欲望期许轮回

尚有更多……层层叠叠，影影绰绰

万物慈悲……皆据守为攻，化退为进

穿过空空如我的大虚空，我一次次把它倒掉，就像清空自身
再缓缓注入
天空、庭院、四时、湖泊、或寺宇……而万物慈悲，入怀

（原载 2013 年 6 月号《诗潮》，2013 年 8 月《诗选刊》转载）

少年群像

仿佛沙沙食叶的桑蚕
仿佛海浪里含英咀华的珠蚌
他们窃窃私语，窸窸窣窣
以此为天性
以此作为力的引擎
太年轻了哦，他们雀跃而显得盲目
保持不了五分钟的火焰
却拥有使不完的能量
他们在我面前像肆无忌惮的有声光电
作为他们的师长
我已日暮沉年
只有梦想如露珠上闪光的青杏
我想拍一拍戒尺，惊堂木
或者《弟子规》《论语》之类
但面前是一块海绵
一下子拍下去

嗨，他们早吸饱了神秘的力量
仿佛一片接一片的海洋

（原载《诗歌月刊》2019 年第 3 期）

旁　听

墙上，鱼游进了莲花
探险者潜入无人区
深感愚蠢和困乏泛出的泡沫令人窒息
饥渴者穿梭在活水里
忙着知晓一个世界的模样

我躲在他们中间，旁听
在一间沸腾的学堂像一个孩子
自愧德薄业重
不息为体，日新为道
耳边波浪翻卷，梦想的光线忽明忽暗

有人破格而出，就有困龙长啸
有人如鱼得水，就有人沮丧悲伤
潮水冲走了一座又一座沙城

只有做沙雕的孩子无知无畏
用手指和脚丫
认真亲吻着每一束突然到来的光线
还爱上了不断冲击沙雕的浪花

（原载《诗歌月刊》2019 年第 3 期）

出 航

他吃过山，吃过土
他说，每个航海的士兵
出航时都要领一条和自己等身的塑料袋
谁能预测自身，不是一朵大海的小浪花
带着裹尸马革的爱意
他去出海时，就是大海的一部分
被浪花扶着，背靠星空
独对大海就像面对一面镜子
人群恍惚如潮，翻涌在剧情里
而风暴和冰山接踵，一头扑进去就会撞出一道蓝光
向汹涌和未卜致敬
一个人如同游向深蓝的导航鲸
在神秘的拓梦乡，人们吞吐着海的滋味

（原载《山东文学》2019 年第 7 期）

当蜘蛛离开了网

它并不从容，在我舀米的瞬间
这只突然惊现的蜘蛛，那么迅速
从掩身的米堆拔脚，转身
我看到它在装米的塑料袋壁上一再摔倒、滑脱
那么倔强，不甘

它看上去像离开了土地的弟弟
也仿佛是在嘴唇上讨生的异乡人
咀嚼着粮食的碎片，抽着一根丝
焦灼、匆促，使着浑身解数
不停地调整着姿势，和内心的微光

我无助地审视着它，直到它也回了我
一个英雄气短的眼神，真的
和一只闯到电灯上的飞蛾无异
一颗扑火的心，在光滑而凉性的冷光边缘

找不到登陆的海岸

当蜘蛛离开了那张惯性生活的网
现在，生存让它获得了鲜活却迷茫的另一张大网
悬在天空之下，沧海之上

（原载《诗刊》2013年12月上半月刊，入选作家出版社《山东作家作品年选》，获第四届“中国红高粱诗歌奖”）

火车向前

17 岁，我第一次坐火车离开家乡
火车是一只大鸟，扇动青春的翅膀
在铁轨上鸣叫，滑翔

上车之前，我说方言
上车之后，我说普通话
之前，迫不及待地想逃离
之后，又那么格格不入

而一节节铁轨铺设着我
趋向人世的大一统
道路延伸的经天纬地深深迷住了眼睛

灵魂的轮毂拖载着沉重的肉身
途经落日，途经无数长夜和隧道
当绝望碾过死时

我想起了倒在轨道上的海子
但一条路从天高水深延伸出去才会成为路

当隐秘的退路被更快的列车代替
只有火车向前，在随遇而安
或落地生根的路上，我们像影子而前面是光

（原载《山东文学》2018 年第 4 期上半月刊）

在车上忆起白银似的童年

那种呼啸而过的，似乎已不仅仅是风声
穿过去，似乎总是记忆
如同从身边呼啸而过的群山
在青葱含黛的光晕里
我常趴在南山的瓜园里望天
锦缎似的云，棉花似的云，碎鳞似的云
翻涌着波浪
一个孩子放逐的天堂
是我全部的秘密，父亲手推车里的果实
天黑时分
星星提着灯笼，我们打着月光
沿着盘山小道回家
似乎年年总是如此
似乎只有在经过一片坟场时
才会猛地起一阵恐慌
一下子就捅破了

安稳妥帖的寂静
一下子就把人推到流星的位置——
就像此刻
擦肩而过的星火，又把我领到了这里

（原载《绿风》2016年第4期，入选暨南大学出版社《2016中国年度好诗三百首》）

过　年

初一动刀，削眉笔
山色苍茫，人世沟壑纵横而幽深
祈福的人从山上下来
神总盘踞在山巅，亲人都流离人间
祖宗的画像被请回香案上
失散多年的人在电视屏幕上
拥抱，泣不成声
雨夹雪的天气
生死相连，鸡犬相闻
开门炮的红屑如小火炉的红泥
我们围坐一起，一说起家就热泪盈眶
一群迫不及待赶回来的老孩子
逢人就问好，见祖宗便跪拜
相识和不相识的
生灵都在接受普天的神谕

（原载《诗刊》2017年10月号下半月刊，入选中国文联出版社《2017山东诗歌年鉴》）

蝉 蜕

它们在油锅里，动一下
再动一下，我的心也跟着紧一下
再紧一下。是煎熬，焦灼和穷途末路的挣扎
拖着失明的复眼，失声的响腹

相比之下，它们在地府生长的早年生活
在黑暗、逼仄而潮湿的空气里
一度被根滋养，被希望灌溉

一旦歪歪斜斜地爬出厚土，这光明顿现啊
但很快，一场金黄色的盛宴
以饕餮之势，在等待它们

噢，就是那些金蝉脱壳、攀上高枝的
灵类，金风玉露约等于同伴的血肉
它们道貌岸然地嘶唱着：知了，知了……

略带一点“劣根”的亢奋
那么聒噪，又那么警世，但请知道
金蝉子总在成佛的路上，施善施德，作光的修为

（原载《诗刊》2013 年 12 月上半月刊，入选中国文联出版社《山东诗人 60 家》）

剖蚌取珠

她一点儿都不含糊，一双细白的手
从盆里捞起一只只黑蝶贝，扔在地上
然后抬起右脚，用力一踝……再一踝

瞬间，一颗颗亮闪闪的珍珠光照着夜市
源源不绝地从卖珠人的手里
交到上帝手心，就这样一手交钱，一手交货
这么天经地义

似乎我们都已经忘了，就说这小小的黑蝶贝吧
——给它水，给它沙子
给它源源不绝的爱，再手起脚落给它无情的背叛
而它却亮给你珍珠，它向你交出了毕生的珠泪

——事实上我们交换的，也许只是
生命的悲愤，灵魂的珠玑

然而更多时候，除了珠子和珠子一样的东西
似乎我们什么都看不见，什么也不愿意看了

（原载《诗刊》2013 年 12 月上半月刊、《诗选刊》2013 年第 11—12 期转载）、入选漓江出版社《2014 华文青年诗人获奖作品》、中国文联出版社《山东诗人 60 家》，获第四届“中国红高粱诗歌奖”）

只有一条河能治愈我

唉，我已病得不轻：欲望
在道路上刻碑；病灶，燃烧着疯火
我有失心病、狂躁症和众多疑难杂症

活不下去的时候
我就是那个带着菜刀和拿着绳索的人
在眼前摆上一条大河

只有这条河能救我，她从源头带来了良药
带着竹简和帛，带着诗经、乐府
秦时明月汉时瓦，带着汉字、马帮和木鱼
带着天地之心流淌的绵绵柔情

让我那些无法说出的苦，泥沙一样跳进去
病毒一样死去
活下来的，只是我们相爱的部分

天地阔大如洗，存放我大象穿针的忧伤
长河落日的药丸一再让我脱胎换骨

这一生，能领受一滴露的恩泽
就足够我活下去
足够我像一条河没日没夜地活着
带着归来的魂魄

而太阳毫不吝啬，每天用浩瀚的大海搓洗着我
这些河海一般
交叠而生的幸福和情义
都被我深深地爱出了盐和光

（原载《青年作家》2019 年第 4 期）

陀螺的秘密

靠鞭子的风暴不停地驱打，它瑟缩的身体
这是我小时候冬天在院子里常玩的游戏
它泄露给我，陀螺最初旋转时
近乎残忍的秘密

但现在不，它需手指轻拈头顶的轴心
先后退三寸，再向前七分——捻
像伟大的指挥家，轻轻放手——
给予它成活的动力，也给它自由

它靠旋转活着，旋出最美的舞姿
旋转是下一次旋转的生旦净末丑
这关系着陀氏家族的生存、荣辱
陀螺每一次转身
都隐藏着潜行的暗流，不可预知的摩擦

我把这些秘密，说给了一个和我玩陀螺的孩子听
之后，她无师自通
把漂亮花纸贴在她玩的陀螺面体上
把硬币装进我玩的陀螺体内

你可想而知，她轻快美好的旋转
瞬间就把大腹便便的我，打得落花流水
这使我们似乎都忘记了，两个陀螺计件
售价五毛钱，还有更多不值钱的
陀螺者，卑微的
像命一样，堆在市场等人去启动它

（原载《诗选刊》2013年第2期，入选漓江出版社《2013华文青年诗人奖获奖作品》）

我爱你修改命运的时刻

一想到你，心跳就像太阳出世
世界落在光辉里

盐的哀愁与汗的绝句
终于长成一望无际的田畴
我知道你一直在做，对重大命运的修改

万亩荷花里忙碌着菩萨
大海的渔歌消化着九曲回肠里淤积的油腻
人们每天向四面八方传递火的精神

燃烧的肝胆与肺腑，像石油、天然气和煤
光和热的一生，只把灰烬留给自己
我知道这最终的结局，像一切无言的滋养

痛楚和忧虑之后，每一朵花里都是甜蜜的蜂巢

即使凋敝、离乱，残缺如滚落的佛头
世间仍幸存的蚂蚁在搬运着糖粒

我每天必在天明起死回生
像一个回头的浪子，我爱你沧海桑田
修改命运的样子，倾尽
泥土、盐霜和心血，相濡这良辰美景

（原载《山东文学》2019 年第 7 期）

淌水崖

大片大片的薰衣草，它们的静和美
轻轻地压住了整个山顶
像头上戴着花环的美人儿
飘动的衣袂和芳香
从紫色的梦境向九山流淌

山下的淌水崖是雄性的
我震撼它是用百万车轮、肩膀和水泥
集体托举的一道长虹
它横空出世的力
是一座电站，是渠道里哗哗流淌的银子
是它怀里生长的一朵小花
引我们团团轻嗅着它时的样子

从山下抵达山顶
人们在陡峭的振荡里忍不住惊叫

时而垂直，时而九曲十八弯的
穿天肠，就是从力到美
不断被鸟翅和闪电一步步提升的过程

（原载《山东文学》2019年第7期）

大地的滴灌

把一滴滴水汇聚成源，一滴一滴地渗
每一滴都向着最好的去处
成为庄稼的血液，枝头的鸟鸣
成为桃子和葡萄的浆汁儿
泥土的乳液，唇角的笑容
在百萃园，在福园和更多的地方
我小心翼翼地抬着脚
一群辛勤搬运的蚂蚁，和我看到的一群人一样
一点一点，一滴一滴，聚拢着力量
我听到滴灌里汩汩流淌的声音
一滴一滴引入人心
朝着想要的生活，朝着万物
大地的菩萨向人间伸出黄金的手掌

（原载《滇池》2019 年第 6 期）

遗 址

她是在滑铁卢战败的另一个拿破仑

她的身体里隐藏着无数场战事
现在她只是个负隅顽抗的人
疲于生死，伤痕累累
她跪向苍天，像无声呐喊的号手

但已找不到敌人，此时荒草和落叶
纷纷向她缴械投降
灌木丛中的红浆果是全部战利品
秋日举着芽苞像遍地的玫瑰
她正向远处眺望着
黑洞洞的枪口，落满了蝴蝶

嗯，不弄起一丝天籁的蝴蝶
宁静地穿过

曾经的峥嵘，峥嵘的来日
万物消停过吗？一个世界放下过手吗
她静静地潜伏在这里

她的长发铺展着大地斑斓的琴弦
她的头顶是无边的蓝，脚下是无际的蓝
整个姿势像一滴不肯霉变的奶
正从一只柔软易曲、正在熔化的钟表里流出来

（原载《诗刊》2016 年特刊）

谈起乌鸦

在别处，乌鸦是黑衣天使
死亡之神，丧门星

乌鸦飞在白昼如同飞在黑夜
哀泣的眼神自带两盏灯笼
仿佛依循气味寻找同类的光粒
乌鸦带着古老的秘密，寓言一样鸣叫

在白塔和景山，我看见它们
遗址般的身影缭绕不散

在香山，成群的乌鸦
立在中山先生停歇的碧云寺顶
仿佛在诵经
乌鸦乃禽类之最仁慈者
犹如人类中之君子

但在乌鸦面前，人们常常无法欢笑
在突然而至的轰毁面前
乌鸦哀泣如寻找者的灵魂
围着坟头，这大地耸立的乳房
背着因袭的重，要到宽阔的光里去
以乳为目，以鸣为口

乌鸦一次次飞过乌台，飞过高山和流水
唯独不肯栖息在孔林
这里沉睡着一位走入永恒的老人

（原载《山东文学》2018 年第 4 期上半月刊）

净　土

你看藤儿就缠在蔓上，阳光在哪里
都照耀着每一片叶子
即使米粒似的小花凋谢了，但三楸树上
缀满的小铜铃
即使垂落在深秋，也在大地的怀里
发出神秘的昭示
此时谁的眼里还葆有秋水样的眼泪
谁就有澄澈无垠的幸福
就像一颗心种植在另一颗心上
一些心弥漫在另一些心间
幸福埋着头，你看人们
生气的样子和微笑的样子一样迷人
心疼和亲吻一样招魂
无奈和迷醉一样令人呆痴
即便是活到死
即便又活到生

你看藤儿就缠在蔓上，纠缠不清的
温情与敬意，爱和尊严
就像一场接一场的风暴洗礼着
一茬一又茬的青草，呼啸着，战栗着
就像一场又一场的爱情，重生着
来自从未到来的远方

（原载《奔流》2016 年第 8 期）

干净的事物

雪水把道路洗得更亮了
即使黑亮的深处也浸染了雪的白

偶尔还有背阴的雪让道路打滑
狂风无非让路边的狗尾巴草
弯了弯细细的脖颈
毛茸茸的脑袋还齐刷刷晃在大地上

一只灰雀闪电般掠过十字路口
它不是乌鸦，不是秃鹫
不为食肉和稻粱逐鹿天地
它的出现像一个神迹

雪花落净之后，一场春天
干净的花事就要真的炸裂了

（原载《作家》2019 年第 3 期，《诗选刊》2019 年第 5 期转载）

傍晚的画

傍晚的湖，因生了水汽
打湿了我陡生的美意或相思

蓝莹莹的天因活泼的云朵
让落日烧作满天镉橙

我惊讶于天空的手
挥着狼毫，夜蝉或者羊毛刷
教会了和湖水一样的心灵
在这个流变的世界
晕染、丝毛、拓印、飞白和叠色

你也是在画里的，一个人的灵魂
从高级灰里
透出气来，忘情忘我地呼吸

当突然的雪给越来越暗的世界
动用了敲击和撒盐法
你必得在命运陡生的波纹里
破色，留白
在近处，铺画远景的天空

这样的一个世界和它的倒影
恰如我和你，和你们
对峙或相融的一个微妙整体
你的黑天鹅号凛冽地起程了
我的丁酮玫瑰也灯光似的晕开

（原载《作家》2019 年第 3 期，《诗选刊》2019 年第 5 期转载）

第二辑

鱼爱上了天空

请美，请统领着那些美

请温润，请再温润一些
最好是蓝田的暖玉，最好是暖玉上的轻烟
把美的熏风，扶摇得像偷袭心尖的风暴

请轻，请再轻一些
最好是兰的梵足，惊响幽谷
惊落了月光，惊熄日夜围绕你的黑夜

请隐忍，请再隐忍一些
我们隔着镜子和万般幻象，承受不息纠缠于你的轻重
无轨，弯曲，形变，伤痛，溃败，和那些灰质部分

请尖锐，请再尖锐一些
锋刃就是要挑破顶针里藏匿的西风，就是要疼也彻底
爱也彻底。就是昏死了也要醍醐灌顶

要战栗，就再战栗一些吧
当微凉的火，滚烫的冷兵器偎在一起，唇齿相依
互为叛逆；当美屈服于美的漩涡

你必须给她挤出一条路来。给她性灵，给她风骨
让她出落得像一位美人
死就死得其所，活就活得卓绝妖冶

（原载《山东文学》2012年第2期，入选《诗选刊》2013年第2期、长江文艺出版社《2013年中国诗歌精选》、漓江出版社《2013华文青年诗人奖获奖作品》、中国文联出版社《山东诗人60家》）

鱼不能飞起来却爱上了天空

给灰尘一个去处，给鞋子一个家……
这是我每天都在重复的事情

我的梦多年前就被一个孩子盗走
现实的栅栏引领着，这个生活的仆人

上天赐赠的盐巴，一部分洒在了锅里
一部分存在眼窝，涌向泪腺的海

你看我不停地向滚滚汤水添着佐料：
辣子，酸奶，甜菜，酒精，净水……

却止不住对扑面袭人的花粉过敏，感冒
这是一百平方米之外，遍地盛开媚惑的蔷薇

——这安娜搭乘的精神号逃亡飞车

扑簌簌落着花粉，正把我运向更久远的秘境

而栅栏之内，一些影子叠加的小人儿让你越来越重
直到你完全丧失了自己，鱼不能飞起来却爱上了天空

（原载《诗刊》2013年12月上半月刊，入选作家出版社《青春诗会三十年诗选》、漓江出版社《2014华文青年诗人获奖作品》、中国文联出版社《山东诗人60家》）

私 语

把音频调低，仿佛雨滴敲打
幻想的呼唤，原来孤独是戴着桂冠的狐狸

什么都无须再说，即使温暖或者寒凉
接下来还会发生什么

踩着影子的人，反复奏演欲言又止的曲子
叶子一直黄成了金子

就这样打着哑语
我坐在遥远的对面，猜你的哑谜

回忆和欲望，仿佛恋爱缤纷着寂静下去
但我们并没有缠绕成梦藤上的痴鸟

却像无花果止住了我的悲伤

却像一只手轻轻拿走了绝望的小刀

一切已淡如初烟
一切已美如初始

一个人沉陷在平静的波澜里，原来我
可以如此辽阔，仿佛星星闪动着浩瀚的微光

（原载《诗刊》2015年第2期上半月刊，入选漓江出版社《2015中国年度诗歌》、作家出版社《〈诗刊〉创刊60周年诗歌选》）

我们仅隔着一面镜子

事实上，我们正美妙地发生着某种关系
洗浴时，我看到你就在我对面

身上披着一层水雾，在雾气弥漫里
我看不清你——而我找你那么久了
你若隐若现，投身在一面镜子里

但我知道，你有悲天悯人的心肠
上帝的身份，上帝的面庞
上帝的痴情，魔障般的征程

我们隔着十万里雾霭，但我知道你就在我面前
当我伸手去擦镜子里的你，多么神奇呵
你脸上的雾气，瞬间即化成了泪痕

这些因爱而呼之即出的珍珠，滚落着

滚落出镜子。你一定也读懂了我这颗滚烫的心
一场辽阔的爱，让我们无限接近
无限接近于一种真理，一种传说

情到动人处，我伸出双臂去拥抱你
而你却消失了——雾气消失了，珠泪消失了
现在只剩下一个我，只剩下一个人

在饱经洗礼之后，在无限阔大的水银镜面上
像一朵出水莲，或者像一万朵出水莲中的一朵
直到我也消失了
只有无限涟漪，无限寂静
在一个无限良美的世界，旋动一扇神秘之门

（原载《诗刊》2014年8月号下半月刊，入选《山东作家作品年选》、中国文联出版社《山东诗人60家》，2014年获中国“第二届网络文学大奖赛”诗歌奖）

情 歌

没有一个比你更恒久，没有一个比你更动人心魄
没有一个比你懂我胜过懂你自己
没有一个比我垂怜你胜过垂怜我自己

我从词里找到了你
从暗夜的灰里
微弱如孤星，有一瓢的光亮

我把魂儿还给你，云朵把眼泪还给
幸福和悲伤的大地
大海的风暴眼流动着尘世的安魂曲
你以雪峰为杖，以镜湖为心
挽我发亮的余生

多么好！你拥抱我以光芒
不以我草芥的身份，动物、植物或人兽的属性

像爱回爱了爱
像水回流到水
虚幻悬浮着虚幻，你以蓝金般的巨大苍穹
供我以梦为马，供我挥霍不朽

（原载《山东文学》2016年10月上半月刊）

是风带动了光

所有的渴望都在这里
绝望。一批鲜活的词、舍利子

是我命运的一部分
命运。在蛋花汤里加了超量的胡椒和盐

而悲伤如酒，不必担心我强壮的胃
生活把一个人分成了三头六臂

灰尘一样忙乱，分娩一样撕裂
新愁一样怜悯自己的恐慌、人群的焦灼

早就知道一条黄金定律套牢了始终
感谢旧又把新埋进了新坟

你的喜悦、惊讶、乞求、爱欲和战栗

全是无效的药汤，我在这里安命定居

摆弄着穿胸而过的雾、霰和日月星辰
是风带动了光，每天挑旺我的心

我在这里生，亦如在这里死
我遽然经历的，也是你正承受和经历的

（原载《星星》2016年第5期上旬刊，入选漓江出版社《2016中国年度诗歌》）

就像春水正熬煮着流年

上午还是热烈的盛日，蕾丝衫上香汗淋漓
下午就是落叶翻滚，骨肉粘连着抽剥余生的筋骨

上一刻是嘴唇轻咬着耳垂
下一刻就是后会无期，万劫不复

一些捉摸不定的风，一些无法确定的关系
一些落在阴影的光芒，正治愈人群的绝望和仰望

就像灰烬总是在死灰里复燃
就像春水正熬煮着流年

一些轻易的碎，正从一片落叶翻动巨大的声响
正从风的手指抖落着，从归途离场

即使你模仿雕塑，或哭或嚎或笑

即使一站千年，一场传说

其实我就像空气，我一直在这里就像我从不在场
但是慈悲呵，不论你轻轻放下还是咬住不放

不论是道法自然，还是黑白无常
这些喜悦而热烈的，就像意外的拥有、措手不及的失去

但是我爱你——就像万物慈悲于胸
一个反复交错的世界，让我们各有所属，让万物各得其所

（原载《诗刊》2015 年第 2 期上半月刊）

你爱的苹果你爱的平衡术

我担心的苹果，正鱼贯着从倾斜的篮子里
散落，恰到好处地散落……
在桌布陡起的悬崖上。哈，这些危险的，悬而未落的苹果
在这一刻的支点上，是平衡术？
让它们和周围保持着，普通而恒久的联系

但亲爱的塞尚，后继的塞尚
有时候我需要你，像圣维克多山一样
持重、遒劲有力，立在我这儿
先吃掉这些苹果吧
再拿走这些惴惴不安的空气，请拿走
维系我们若即若离的这些模糊不清的
骨架，玄机，伎俩和框子，哦这一纸所谓的关系
在空茫的眼前，不仅仅是

行为私闯了公约，爱平衡着不爱

五颜推涌着六色，梨子取代了苹果

该落的就尽落了吧
碎了的就让它碎了
那只一直在玩纸牌的手，只需轻轻一摊
是的，你看到了真相

（原载《山东文学》2012 年第 2 期，入选 2013 年 2 期《诗选刊》、长江文艺出版社《2013 年中国诗歌精选》、漓江出版社《2013 华文青年诗人奖获奖作品》、中国文联出版社《山东诗人 60 家》）

子不语

多年来，我爱过的繁花都杂芜起来
我越珍惜的却越就弄碎了

真惭愧，我的心里养着一座花园
也养着一块玻璃

蜜蜂们喜欢嗡嗡叫着在花丛里劳动
我越来越喜欢，沉默，这最好的语言

真怕摧毁了那些花儿
就像狂风一开口就打碎了珍藏的水晶

百万毛孔放养的工蜂正涌向花朵
领受烈日暴雨的宝藏，我知道

汗水正默默地改判着不同的脸

时光将把面庞镀成一座新的博物馆

当人们把这叫作隐忍
我把这命名为爱，香气的酵母

（原载《作家》2019 年第 3 期，《诗选刊》2019 年第 5 期转载）

战 栗

此刻我战栗是因为爱情
两只刺猬已将尖利刺入彼此的身体
而不是蝴蝶动用饱含罂粟花蜜的尾部

此刻我战栗是因为生活的榻上
狡兔三窟。被温柔之乡养育过的神经
一觉醒来，就不停地喊饿、喊渴

此刻我战栗是因为至今仍买不到一套房子
收容这颗战栗的心，它和你共振
画梦，品茶，对饮，安放倦怠和自由

此刻我战栗是因为我穷尽焰火仍然没有说清
这战栗地活着——词不尽意
给活着：太多留白、太多烧不尽的余灰

此刻我战栗并不是因为刺猬、狡兔
这些略带异类的暗喻，它们多么无辜
这的确是因为我僵持在波浪形的巅峰混乱里

每活一天，都忍不住战栗
忍不住疼痛、痴傻，忍不住要赴汤蹈火
像专为你备好的那么迷人的呼吸，或雾霾

（原载《诗刊》2013年12月上半月刊，入选作家出版社《青春诗会三十年诗选》、漓江出版社《2014华文青年诗人获奖作品》、中国文联出版社《山东诗人60家》）

火　牙

吻它不行，咬它不行
酸的甜的不行，冷的暖的也不妥
这溃败的牙床，这无法安乐的神经
火，给了它最强力的灶社

一颗无法抚慰的坚硬之心
只和柔软的疼，深入骨髓地恋着
与一条清风入户枢的小径，连着
它人面桃花，口含薄荷

它轻启的梦想，无关日啖荔枝
无关朱门酒肉，无关硌响银牙的袁大头
可它无法摆脱，一只珠贝翻滚着大海的诱惑
它承迎着，打碎牙齿只能咽到肚子的苦痛

相比让人彻夜难眠的房贷

相比日常翻飞的鸡零狗碎
它是令人快乐的，像一只隐喻的蝴蝶
在花事荼靡的下午，给我尚还活着的痛与美

我不想让医生去做掉它，这尚咀嚼着的尘世
它只是，这些燃烧的焰火中一小簇特立独行的火

（原载《诗刊》2014 年 8 月号下半月刊）

纸 杯

它代替最后一只破碎的玻璃杯子
延续维持着我，日复一日活下去的水分

纸质的杯具，满溢着诗行一样的
慈悲、痛楚、爱和良善
缓缓注入我的身体，洗涤着心跳，声音
丰饶，那些暗香浮动的黄昏

但纸质的杯底，却缓缓泄露了一个世界
那些水一样，已被命名
和尚未命名的流体，在光阴之外
那些因消逝，而获得的美

在塑造与毁灭之间，纸杯构成了水的面具

而红荷一样亭立的事物，正从杯体的壁画上

探出无限辽阔，仿佛耸向高天的教堂

但我知道烂泥的生活，它依旧沉在低微处
垂怜般发酵着
死去的骨髓、泥沙和浮沫，作为另一种滋养
我的嘴唇正缓缓啜入杯底

(原载《山东文学》2015年第3期下半月刊，入选中国文联出版社《山东诗人60家》)

自由的蝴蝶飞在朽死和鲜活之上

在一个过于庞大的壳子里
我们套着过于狭小的套子
已经生活得太久，沉睡得太久了

为什么欢愉总像转瞬即逝的光线
为什么孤独总在最深的孤独里织网

我们被自由和爱忽略得太久了啊
我们束缚着自己，已经太久了

总是眷恋越深，甜蜜就越忧伤
一个气血堵塞的世界，又冷又疼
天窗囚禁着天光
所有的美意

但当树木放下了秋叶，当放下成为新生

当胸膛打开了天堂，当爱燃烧成蜜汁和毒
所有的梦境
总是通过现实来生发，我们喜欢的生活

无限浩渺的星空
而我们小如灰尘
自由的蝴蝶总是飞在朽死和鲜活之上

（原载《散文诗》2017 年第 6 期下半月刊）

倾

美人倾于丹青
我倾于阴影，这助生剂
在饕餮盛宴中，摆溺
美的法则，人的天平

真理已经透明多久了
优雅的熔炉里多的是现代复眼
透视的
时尚症、软体症，厚黑学、伪证词
暴力美……苦于生存？
这文明的诟病，晚香玉

开着开着就开成了瓷
相对于它的品相和完整性
我更倾心于它随时降临的碎
却并非我意愿，或自虐倾向

情非得已，一种万有引力之倾
仍然持续
将我们运回风暴起点
不论我们携手隐退，还是倾力奔赴

（原载《诗潮》2013 年 6 月号，《诗选刊》2013 年 8 月转载）

灵猫风暴

和困于墙角气息奄奄的流浪猫不同
和伏在胸脯上温驯妩媚的那只也截然相反

一只白色灵猫，蛊惑中带着天真
它旋转——弓起身子
用脑袋紧追着自己的螺旋形尾巴，旋转

仿佛在不停地抽打着自己
它飞快地旋转着——
从葱茏的野草丛里，突然旋起一簇白色闪电

而后缓缓倾倒——
倾倒在它脑袋引领的熊熊火炬里
继而倏地跃起，冲向更远处的树林

用它剩余的野性，用所有信念的风暴

带动十亿匹光线，带动十亿里热风

在一个林花盛放的早晨
鞭笞着沿途的力量，旋动着一切未知的可能
一旦停止了它的蹄子，万物即陷入了虚空

（原载《诗刊》2014 年 8 月号下半月刊）

迷迭香

写着写着
我就把它写成了银狐，或红狐
它在月光下回眸，浅笑，又突然转身跃去
一道弧线，拖着尾巴闪过
明亮，而暧昧——
这缘于美的惑术，月光轻拍着小叶子的颤音
在栀子花缠绕的夜晚
有蜜香，或中年女人沉溺着上升的气息
在语言和感知共创的混乱里，像一个漩涡
它少女般纯净，眸子里流淌着
另一条隐秘的河
你溯流而上，就摸到了那些鱼的血液
肌肉，骨骼，眼泪，剥落的细鳞，甚至体温
在起伏浩瀚之间——
形而上的翅膀，在看不见的蓝里
泥沙俱下的生活，低矮地半开半掩着

从一个人的指缝穿梭，变幻
——多么绝美，一层又一叠的双关花瓣
关联思想的根系，在暗香涌动的河流里
钓你上钩，正如引我
在月光下写一首关于迷迭香的诗歌
并拿手探一探，另一个隐形的人
睡去或醒着时，汗渍渍的额头，或脊梁

（原载《绿风》2011 年第 4 期）

午夜的钢琴

午夜大厅的钢琴，闭眼醒目在幽蓝的湖心
安静的湖水，冲刷着黑白琴键，从指尖奏演的昨日

每一个音符都在上升，在空气的混合液里
哦，那些沉淀的、滑坠的——

仿佛雷雨痛击着软草和、淤泥的心灵
它要发出钢琴的奏鸣，从日常炼金术里

这艘泰坦尼克号上结晶的，好日子，坏脾气
哦，海洋之心的沉船事件！在尘世生活的百慕大

有呛人的厨房味儿。白裙子、黑风衣，从轻灵
踩出了沉缓、凌厉的和音……其间的钢琴一直战栗着

矛盾论、动力学、沉沦学、螺旋上升说，水面倒映着

短暂的星宿，从四面楚歌，“要到阳春白雪上去啊！”

现在……这沉默的钢琴！落在光和影的夹角里
浪漫主义的五线谱，收进了满面尘灰烟火色的无音区

（原载《山东文学》2012 年第 2 期，《诗选刊》2013 年第 2 期选载，入选漓江出版社《2013 华文青年诗人奖获奖作品》）

青花瓷

一笑一颦，举手投足
它摆动着一个时代雅致细腻的纹理
淬火后的梦，栖落在熟透的旗袍里

缓慢的老唱片，秒杀的加速度，与它格格不入
更无缘戏说，暗红或淫绿的折子戏、鸳鸯浴
但，是谁将它悬放在危险和寂寞的边缘

它只是一身青花，甚至它不高贵
但也绝非低俗，它自成一种极致
美得遗世独立：如品质，也宛如格局

捧在君子的掌心，若隐若现的光
轻轻碰响最隐秘的弦，你细抚吧
它是碎去的瓷——高山流水滑落的珠玑

甚至有一个瞬间，它悄然滑落在你的湖心
像女儿，或恋人，还有那么一点点若你
投映在幽亮碧青的旷古宝镜里……

（原载《绿风》2011 年第 4 期）

最初的美

那么多白衣胜雪的女孩儿，那么多
痴狂的绿衣少年，那么多的黄昏和宁静
那么多情不自禁的泪水，爱和笑容

就这么过去了，还要这么过去……
一滴滴，一行行
我露珠一样纯净透明的时代
在野百合的花瓣上，微微颤抖着
一个绝美的普罗旺斯世界

而今，忐忑、破碎，恐惧、唏嘘
已不是矫情的词。风儿许给我们的远方
姹紫嫣红走过，却原来只为擦肩

当一个人走成两个，三个，四五个
又合成一个影子，拐进浓稠的雾气

似乎我们一直在寻找……
又在消失，那种最初的美

（原载《诗潮》2013 年 6 月号，《诗选刊》2013 年 8 月转载）

永恒的幻象

仿佛有荆棘刺心，他偎在原处
只能远远打量
她就在那里。绕一树白玉兰转了一圈
又一圈，银质的花瓣随之回旋
在流淌的雾里，月光一样的
齿轮驱动着她，仿佛风的利齿
璀璨了一树香尘
她这样转下去的时候
仿佛每一圈都是一天，每一圈都是一生
沿着爱，在心中盘旋……
她一直在那里
假装看不清他
他是另一只痴鸟，胸口插着荆棘
为爱。更为美——
仿佛永恒的幻象，芬芳而遥不可及

（原载《江南诗》2015 年第 4 期，入选《诗刊》2015 年 12 月下半月刊）

我们将一直同行

一直被黑夜追赶
但今天，我并不知道要到哪里去
空气里挤满金色的孤独，如影随形的
劳累和汗臭，点亮了红灯和绿灯

我们一直在这里
被照耀，或躲在颀长的影子里
从兴隆小镇，一直走到梦幻的心脏

那些从众生里寻得的
温暖和安宁，钥匙和门环，朽腐与刀刃
我们正隔空交会，因为爱

我们一再重逢，但我终究没有想起
一个我深爱的面孔
模糊的存有一万种生动的具象

每一种都痛彻心扉，每一种都要落地生根

就像空气里荡漾的金色波纹
正用老去的肉身款待灵魂的清风
我们终将消失在火焰之中，在这条路上
我们将一直同行

（原载《诗刊》2015 年第 2 期上半月刊）

亲爱的蝴蝶效应

这病，是我的。这爱，是你的
囚禁，是我的。自由，是你的
锁孔，是我的。钥匙，是你的
窗户，是我的。风景，是你的
酸腐，是我的。香氛，是你的
冷瑟，是我的。雪花，是你的
沉默，是我的。口水，是你的
颜料，是我的。画师，是你的
棉花和羊的眼神，是我流放的。闪电和游刃，是你操控的
被风吹走的草帽，是我脱落的。剩下的头颅，是你荒芜的
自视和反观，是我的光焰。漠视和迎合，是你滑脱的
死，是我的。子宫是你的
坟墓，是我的。铭文，是你的
拂尘和清寂，还在欢爱着我。轮回和冥合，还在指引着你
现场，是我的。历史，是你的
镜子，是我的。仲裁，是你的

哦亲爱的蝴蝶效应，亲爱的，我的，你的
我的，我会悉数留存。你的，请全部带去
这最后的，战栗……战栗
是我的，也是你的

（原载《中国诗歌》2010 年第 10 卷，《诗选刊》2011 年第 1 期转载）

在蓝绸子一样的远方

爬满公式的栅栏
一只宿鸟的呼吸就是一次远方

村庄，野花，流水
从静物里冲出自身
像蓝绸子一样拉开风和光
打开一次陌生的地址和存亡

虚晃地走在人流
人人手持一把刷子
狂乱涂出沙漠的孤绿和驼黄
在指纹掠过大写意的卷角
急匆匆隐去，却

尖鸣着，尖鸣着……
持久而延续

这些来自风景内心的事物
它们长满了羽毛，长出硬质尖喙
一次次蓄谋牙齿或自杀
一次次提升空气的坚韧和更新的纬度

在蓝绸子一样的广阔里
圈起自己和臆想的猎物
弯垂在古老的城墙
张贴一道圣旨
像攥守一幅被装裱的国画
不断幻施色彩，直到幽暗化灰

（原载《绿风》2006年第4期，《诗选刊》2006年第5期转载）

未完成的交响

命运这艘魔船，一直不停地试探
我的深浅，而天高地厚
要引领我——

我在人间疾走
天上雪花加冕，风暴潜伏周身
不错，我们又侥幸逃出
一场接踵而来的车祸
在另一些不测与困厄到来之前
真想卜一卜未来
除掉眼角的泪痣，但我已倒不出
眼泪，恰如已流不出蜜

除了怜与悯，像两只空洞的眼
如苍天垂怜一切
除了死能终止一切

但我还有未完成的交响——

仿佛光，胜过死

仿佛雪，等待落上一条路的脚印

（原载《青岛文学》2018 年第 11 期）

我们盛大的幸福，
像一首刚刚诞生的小诗

靠深入骨髓的针钉，和时间的老去
蝴蝶获得了标本，塑像获得了不朽

我获得了你万千姿态，破败的和易碎的
在稍纵即逝的美中

粗糙的流年弄出了琴瑟细致的声响
一声断弦，两声如初

单向度的执拗，分裂的疯狂
我们共用一个整体，去点亮那些小灯

分辨那些光和遗落的阴影，有以及无
你是哪一个呢？我又在哪里呢

缘木求鱼的，穷猿奔林的……
熙来攘往，条条大道布满沧桑的光泽

那些用灵魂相恋相依的一生
赠予我们盛大的幸福，像一首刚刚诞生的小诗

（原载《星星》2016 年第 5 期上旬刊）

第三辑

在高处握手言和

星 星 草

梦到大水，梦到大水冲了龙王庙
梦到绵羊，绵羊脱了缰绳

醒来，惊坐
抽刀
断水
都没有阻止那场突来的横祸
除了痛哭流涕，除了一屁股抵命的债
就是天作屋顶
一个女人蜷缩在马路牙子上，抱着她的孩子
一夜又一夜
数天上闪烁不定的星星
数一片曙光诞生的黎明

（原载《诗刊》2015 年第 2 期上半月刊，入选吉林大学出版社《2015 年华文青年诗人奖获奖作品》、中国文联出版社《2015 年诗歌年鉴》、中国文联出版社《山东诗人 60 家》）

约 等 于

你信不信，60 公斤约等于 21 克
在冒着蓝烟的大熔炉里，我们必然到达那儿

而月亮约等于太阳的香气
第一千零二夜约等于满天星光，每一天都在反复死去

而缠绕不息的藤条约等于父亲，约等于女儿……
这母性的、父性的纠缠，约等于一个人一生的顽疾

一颗心约等于沙漠，一滴爱约等于献祭
碎银约等于鬓上银霜，泪光约等于湖泊对天空的思念

而我约等于你，约等于你们的一部分
烟火约等于苦难约等于创造，此岸约等于彼岸

但在万物的眼中，世界约等于无

它动荡的美，约等于安静的海

……这并非形而上学的论断
你看我正躺在一个波澜壮阔的夜晚，反复历数着

一个人的长度，刚好呼应着这些模糊的砝码
刚好约等于一只邪恶的盒子，而它正倾出白日梦

——即使在黑夜，它也生出不眠的青草
约等于天空之蓝，约等于普世之绿

（原载《山东文学》2013 年 10 月上半月刊，《诗选刊》2013 年第 11—12 期转载、入选漓江出版社《2014 华文青年诗人获奖作品》，2014 年获中国“第二届网络文学大奖赛”诗歌奖）

咔嚓……咔、嚓

你不曾在意却又那么势不可挡，它轻轻
就将你吞下了半生

这幸福的火车，这甜蜜的冰裂
这物质的房子和车子，这半生积劳和坎坷
鲜花与巧克力——这尚未完成的箜篌

突作崩弦，“咔、嚓”就是半生
悲哀的碎银——在浑然不觉的撞折之后
痛可以一剑封喉，却挽不起魂飞魄散的流星

——死神啊，咬定了你
没有一个美好恒久的词能够阻止
一场飞来横祸，一场命定的空无
没有一辆火车，没有一辆固若金汤的坦克
能够避让——但人生

每一天都在加长，咔嚓咔嚓……
它依旧轻柔地推搡着你的肩
百草和百神栖居的你呀，必将典当出另半生
来复活这半生的死去，只要你还活着

（原载《齐鲁文学作品年展 2014》，获 2014 年齐鲁文学作品年展最佳作品奖、入选中国文联出版社《山东诗人 60 家》）

认识夜晚

黑暗终不曾饶恕我们，每一天
我的手上都缠着一张不断翻新的网

就像今夜，我和女儿正玩的翻线游戏
而光线微弱，织进无法被结痂的事件中心

除了静坐在这里，解一场刚刚缔造的死
结。日子弯曲着，还得一天天穿肠而过

命运为我们布道了纠缠不清的官司
我随时准备以死理赔，每个出乎意料的今天

在时间预设的判决尚未到来之前
静美穿着虚构的睡袍，忐忑、疲惫和惶恐侵袭了

生活最常态地活着。而我却听到了

多么奇异的声音，黑暗里吱吱的叫声

来自笼中，我们豢养的狡兔，作为人类的
玩物，仿佛来自另一个自己，另一些

抗体，作为生存的证据
我和它红红的眼睛茫然对视着，恍惚划过

一道红宝石的光芒，旋即凝成琥珀滚进无边夜晚
“你把黑夜深深吸进自己眼瞳”。

（原载《齐鲁文学作品年展2014》，入选中国文联出版社《山东诗人60家》，获2014年齐鲁文学作品年展最佳作品奖）

细 雪

怎么都遮不住，即使遮住了
也会卷土重来，它们总是混杂着时光
仿佛不可遏制的浪潮，银亮的簪子
那么悄无声息，若隐若现
就别在了头上，摊在月亮睡去的夜晚
比月光还白还长，比银针还细
灸人地吞噬着睡眠
我用手轻轻拢过它们，一遍又一遍梳理着
这些凋敝的丝瀑，即使保真养晦
它们依旧如刺眼的光芒，一味地白着
那么杂乱，缠绕着内心的屈辱和露水
它们也曾和我的青春一起黑过
那种黑，远不是路途
突然降临的盛大黑暗
它们一丝一缕，一丛一簇，舍利子一样生发
在命运深处，在荒芜的头顶

倾倒过美人，倾倒过城池

却没有倾倒危险的风声，未来的墓碑

它们驻扎在一面镜子里

在一些简单，却举步艰难的时日

一日日，被映照成细雪

飞扬着，赶来爱我，蚀骨

（原载《诗刊》2015 年第 2 期上半月刊，入选《2015 年诗歌年鉴》）

给夜晚开一扇窗

多么安宁的黄昏
我背着柴火回家，堂屋里新添的煤炭炉上
正翻滚着小米粥的香味
母亲又泡上了我拾柴时捡回来的松菇
父亲在院子里打着煤球

那种黑色的，蜂巢一样的煤球
烧红炉膛时，我觉得连空气都簇拥着暖润的甜味
“放学后就再也不用拾柴了。”
我和耗子兄弟在屋子里疯得像过年

但破空而来的哭嚎，让第二天的村庄
黑得和煤球一样
地主家是真疼孩子
竟把我们晚上都舍不得用的炭炉
偷到他家孩子的西屋，耗子兄弟暖暖和和

睡到日上三竿，却再也没有醒来

“真是作孽哟……即使再冷
即使在天堂，也别忘了给夜晚开一扇窗。”
父亲指着我家那个能容一人爬进爬出的窗户
红着眼睛教育我们，那时我多么悲伤
破窗而入的天光，照耀着触目惊心的灰尘

（原载《飞天》2019 年第 6 期）

赶时间的人正赶着一辆牛车

缓坡上，这个赶时间的人
正拖着一辆牛车，牛蹄深深地陷进了泥里
牛眼里大雨滂沱，牛车上满载的不可名状之物
倾斜着，就要倒出这一路
沉重，缓慢和焦灼
也许再赶一程，命运就能挣断了缰绳
但真的拖不动了，这个大汗淋漓的人
自语着，就把自己放倒在山坡上
他大口喘气，大口倒咽着凉气
在茂密的雨丝里，他也曾投入过另一场
巨大的战役，像个孤胆英雄
占卜一样活了下来
现在，他浑身冒着热气
蹲在路边，像一座喷气式冰山
一个老人笑盈盈地经过他
一个孩子背着书包朝他扮了一个鬼脸

一个失业的青年，一辆奥迪，一个教师
似乎都看到了他冰山的一角
但千真万确，每个奔赴的身体里都拖着一辆牛车
人们就要把它看化了，他无非是一个残喘吁吁的
存在。好吧，等他缓过神来
他将从这个山坡消失，再缓缓出现在另一个坡地

（原载《山东文学》2016 年 10 月上半月刊）

蓝 焰

我知道你心脏的砧台上正烙着一块
刀形的生铁
它沉重、忐忑，持久地占据着你
它每翻滚一下
都会灼起一片尖叫的花
真像那场猝不及防的劫难
你逃避不了
你躲藏不了
你不得不用心跳迎承着，一下一下
你锤打它，就是要反击它
你举起它，就是想融化它
但一下比一下更加艰难
一下比一下更卓绝有力
是的，不是你被它消灭
就是它要被你消化
在通向梦幻的沟壑里，千顷幽蓝的火苗

擎着血红的舌头舔舐着奔跑的人群、莽野
就是为了让我们像泉水一样重新翻涌
每一个自己，都是一道新生的光电
在淬火的排浪里，生命的
每一次重塑，都是用苦痛和悲怆在较量的
那块生铁
在锻打一场烟雾，那雾中包藏的火焰
过去我把它叫作生铁
现在我叫它蓝焰，并给它插上了一双鸟的翅膀

（原载《山东文学》2016 年 10 月上半月刊）

逃遁之诗

逃出爱情，逃回故乡
一条河多么清澈、安宁，它安抚着
支离破碎的骨头，却抚不平自身的波澜

逃出阴影，逃进虚构的远方
沉默，吃光了梦的光泽，失重的脚步
依然平衡不了，压弯的地平线

逃出欲望，逃进医院
除掉无常的胚芽和那些装死的利齿
柔软的波心，并不能挽救人群那坚硬的群山

逃出关山，逃进一首诗里
这发光的颗粒，仿佛苦行僧的宗教
正用千军万马调配灵魂的亮度

而当灵魂出窍，逃出肉身
亲人啊，即使遗世逃名老，残山剩水身
那些哀伤与欢喜，归去来兮
依旧顺应着逃不脱的轨道，在殊途同归

（原载《诗刊》2015年第2期上半月刊，入选中国文联出版社《山东诗人60家》）

命运之诗

仿佛一个执拗的女人，或一部严酷的法典
它开不得半点玩笑，却放浪形骸
玩弄你于股掌
令你欲死，欲活，散发着身不由己的香味
这桃花般的精灵，它在引诱你
还是让你情不自禁步入了它的漩涡？
它那么饥肠辘辘却独自钟情于你
它紧紧搂住了你的脖子
爱你，噬你
要置你于死地
要放你一马？
仿佛蹑手蹑脚的猫，性感地瓦解着你
除了用九死一生，来呼应它的恩典
还能用什么来比拟这最高的冠冕
它成了你额头最亮的明珠
散发着神秘的光环，它诡笑着

从你的内部迈动猫步，仿佛燃烧的氢气球
飞在空中，在你必经的每一个瞬间
那么鲜艳，又充满了危险
除了给你通体的光华
还会趁你最不经意时，向你出动致命的一击
除此，它就是空无——在锤打金黄的空气

（原载《绿风》2015年第4期）

羞愧之诗

命运这块滚石
总不停地朝人
一次次试探，一次次考核
我并不在乎它给人筑起围墙
能够像种子一样
破石而出
就是对一生最大的赏赐
今天我惊讶地看到
扔在角落里的白菜根
竟也抽薹开花了
米粒大的花儿续着小命
清鲜甜润的香仿佛一缕缕幽魂
让一个垂头丧气的我
让一个久立四望的我
感到万分羞愧

（原载《山东文学》2019 年第 7 期）

销　魂

你察看春天的每一片树叶
上面都写着复活的信息
在我路过的一家早已褪色的影壁墙上
写着这样的话
是的，生命每一天都是婴儿
在惊讶、怀疑、愧疚或平淡中
重新发芽
重新如野草
被挥霍成寒冷或温暖的那支配着我们的力量
我感恩于这样的变化
尽管我等待的戈多
他永远不会到来
但他出现在每一天
欣喜与痛苦，物质或精神的寒薄与丰饶
……这触目皆是的

让人销魂般活着，且享受

我的心，就是被用来折磨的

（原载《奔流》2016年第8期）

当暮色穿过酒坊和画廊

我穿过，暮色掩映的酒坊和画廊
水样、绸质的旅途
滤去津液以下的辛辣，还余一小片亮色晃在头顶
投落在前方的墙上，一个人的速写
——一那么活色生香
如果你蓦然转身，一定会张大惊讶的嘴巴
从泉里涌出的人儿，晨露斟满了瓦罐
如果你一饮而尽，就有一片夕阳
抖着神秘的气味，落下一层薄薄苍凉
……这样浮光掠影
但你已经跨进来了，陷进了这温软的漩涡
注定，这是你的，也是我的
风暴摧不朽它，时间填不平它
低低的忧伤不能，高高的信仰也不能
——多么高贵的动荡和沉默，这酒铸的雕像
如果恰巧有一架秋千

从身上荡过，从生，到死，到生

（原载《中国诗歌》2010 年第 10 卷，《诗选刊》2011 年第 1 期转载）

转 场

对不起，这一次我动用了拖布、刀铲
还哼起了愉快的小曲，最后却忍不住动用了愤怒
动用了刮、削、割、伐等绝句
动用了纺织工人新织的白布
但我并没有把楼梯上新覆的白灰除净
就像我不能清除那些面具、妆魅和毒素
万物总不肯轻易向我们交出本真
和那颗无限眷顾我们的心
任你穷途挣扎
任你以泪洗面
任你趴着跪着
逼仄的夹缝从天光泄露着天空暗蓝的面孔
我们早被损毁成一块不堪的抹布
但那条梯道却一直在旋转着上升
它升到两千米的时候
它就是高原上茂盛的植物，就像梦想

拥抱着静美而艳丽的盛年……
你必准备足够的艰难和眩晕才能接近她
抵达她，就像上苍轻轻将纳木错湖含在眼里
把她汪成一泊上帝的眼泪
为了保持这样的纯粹
她在俯视人间 5700 米的高度
是的，为这痛彻心扉的尘事
只要人们轻轻低头，神就忍不住落泪

（原载《扬子江诗刊》2015 年第 2 期）

一直都在诞生

有什么能阻止得了，昨日的桃子
生长，成垃圾
一样被抛进垃圾场
这能算得了什么，即便我们殊途同归
能说出的事儿就算不上事儿
能说出的痛苦其实也算不上痛苦
但谁能说出，就像你
仿佛一个躺着中枪的孩子在意外的风暴里
清理那些灾难的碎片
亲自埋掉自己的幸福
你不得不
像灰烬一样，吞下沉默
像道路一样，阅读着悲剧，从每一天
绵延着诞生
这魔鬼的香水，祭坛的孩子……

一直都在忙着诞生

（原载《扬子江诗刊》2015 年第 2 期，获 2014 年齐鲁文学作品年展最佳作品奖，入选中国文联出版社《2015 年诗歌年鉴》）

仿佛这一切都构成了隐喻

从布满蛛丝的角落，她捡起两张照片
一个男孩和一个女孩的
眼睛里荡漾着清澈的湖水
风吹起发皱的波澜，一层推着一层
仅仅是一恍惚的瞬间
一张照片从空中，打着旋儿
已不知所踪，这样的时刻令人心疼
桌子上景泰蓝的花瓶
不知什么时候已留下一个更大的缺口
锋利的瓷茬犹如剃刀
向天空摊着狼牙状的豁口
斜在里面的桃花粉夭夭的却沾满了灰尘
为了保持某种完整的样子
她不厌其烦给它们清创，洗尘
在影像室里还原他们，貌似圆满的故事
现在，所有的缺口一律向里密封

顺着光从外面看去，一切依旧鲜艳而完美
每一天的月亮
都像一面信誓旦旦的镜子，反着多重的光

（原载《诗刊》2016 年特刊）

日光一直绵延到峰顶上

日光转身落在它的阴影里
我坐在树下，看猫狗
为一个线团争吵。我们也有一个
缠绾着无法厘清的线团
针插在里面
掩藏着大象穿针的忧伤
被扎出血的手指还要
在生活的布面上灵巧地穿针引线
男人，女人，老人和孩子的衣衫
在洗衣机里滚搅着
洗净，又晾晒
在同一根捋直的绳线上，不同的人形
又染上了阳光的芳香

远处，山河紧挨着山河
日光，一直绵延到它们的峰顶上

（原载《山东文学》2019 年第 7 期）

新 生 记

我几乎就要被杀死了
那置人于死地的……我无法呼救
不可言说，更不能预测——

从深陷的梦魇中挣扎弹起，还好
我还完整地活着，一个天赐的尤物

动物园里的虎豹豺狼都关在铁笼里
棕熊只能笨重地晃来晃去
天鹅用不洁之水把自己梳理得光彩照人
饲养的秃鹫也被一只土狗代替

但它们都穿着人的衣服，各具其形
原谅我们一直如此并行
如美丑和悲欣

能够优雅地活着，总有艰难的幸福

在一个人的出生之日，愿杞人忧天是可耻的

（原载《作家》2019 年第 3 期）

明天已消逝在昨天

她优雅地启窗，很想
从晨光闪耀的麦田和鸟鸣中，提炼
一帖安慰剂，贴在曾经陶醉过的
饱经折磨的心脏中
但昨天已被彻底粉碎了
是天光还是她，亲手打开的粉碎机、碾压机？
一直没完没了，像细小的逗号
细密地排列着，今天
这个逗点，一直没完没了
从容的风吟，让她变得仿佛前无古人后无来者
多么静默的变幻，让这个住在监狱里的自由人
呼吸叠着皱纹，极目远眺——在不曾休止的劳动中
“看生，看死”？
或者，刚好借助了一只鹰的翅膀，装在自己背上
但这似乎从来都没有给悲歌划上过句号
虽然，它擦掉了泪痕，沸腾了花枝和绿草

而明天，已消逝在昨天了

（原载《山东文学》2013年10月上半月刊，《诗选刊》2013年第11—12期转载，2014年获第二届“中国网络文学大奖赛诗歌奖”）

不过还好

不过还好——你还给了我
美、良善、宽容，大海和天空
幽深的蓝，虽然你带给我突如其来的劫难

但你还给了我完整的手掌、云端的大脑
我还能足够有力地活着，去爱
你馈赠的账单、煎熬，被伤害的花瓣和盐粒

但你还给了我微光荡漾的星辰，青杏味的幸福
我还眼睁睁地醒着
即便你给了我疼痛，没有火星的孤灯

但你还给了我一个人间的天使，相依为命的天堂
我这么意外地活着，多像温暖而柔情的诗章
虽然你一刻不停地亮着刀子、闪电、冷霜和嘲弄

但我凝神时就听到了你的心跳，沿着波澜起伏的血液
我一路摸到了你的额头，苍天
你不厌其烦恩赐给每一个人，沧海桑田的命运

而这一切，也终将被你抹平——
并被我原谅。我们终将返回一朵花里
枕着巨大的寂静，葆有多么一致的呼吸

（原载《诗刊》2016年第5期上半月刊，入选泰山出版社《山东作家作品年选2016》）

用一个世界告别一段悲伤

你用一只眼睛看到了另一只眼睛
鹅卵形的思想
孵化的月夜，梦境，五光十色的胶片

你看到云朵翻涌成大海，一切
仿佛都落在缩时摄影的长镜头里，人群涌来
又快速消逝，而种子从花朵里弹射出来

风里流转着风的女儿，内心流转着衰草和野火
祈祷和忏悔，从教堂的尖顶流转开去
流转，让风流不朽

你看到门外的门，虚幻之外的真实
一只发光的蝴蝶，翅膀上的光芒倾泻下来
让你也成了一道光，你生着光

但你不是上帝，也不是佛
你无非是卸下了一段悲伤，用一个辽阔的世界
弹落一段烟灰，像完成了一种仪式
在一个风声鹤唳的时刻，像神一样睡着了

（原载《诗刊》2016年第5期上半月刊，入选泰山出版社《山东作家作品年选2016》）

总有一条路为生而开

炒过的冰，冰已经化成一锅美味
仰望过的星群，星星擦亮过蒙尘的眼睛

一个怀抱梦想返回现实的人
绝望，困厄和不堪是暴烈的火
这些年总不停地点燃我

幸好我还没有成为一把灰烬
幸好我已修炼成笼子关不住的鸟魂
为爱，更为纯粹地活着

身体里的庙宇平衡着悲悯和罪恶
绵绵不绝的香和腐烂的气息
在相互抚恤，又相互生发

成为我，必须通过刀锋和铁砧

完成我，以寂静、草木，鹰隼和长空
这引导人间不断向前的永恒之事
总有一条路为生而开

（原载《红豆》2018 年第 8 期）

在高处握手言和

那场假面舞会结束了，我们正跳着贴面舞

并不仅仅因为灯光照亮了我们的头顶
并不仅仅因为鸟鸣淌过耳垂，又唤醒了春水

我们曾山穷水尽，以死换取
通往天堂的路费，哀恸之后
倾心入魂的光，正拥着我们的影子
多么澄澈、通透的呼吸，一条明灭交错的河流

每一天依旧，穿胸而过
我知道那些沉陷泥沙的倒影，仿佛我们
在罪与罚的天地，不断翻滚着
巨大的呜咽，不断抛升着被升起的灵魂

"我怕我配不上我受的苦难！"
在这流淌的永恒之中
已没有路途，让我们返回那上游的高地

但为了坠落得更慢一些，我们正学着
放下奢念
放下一出生时就握紧的拳头
顺应着灵魂的油灯，像鱼一样打着挺

让头颅高出波浪，让我高出自我
在有生之巅
一个人终于可以向死，缓缓摊开手掌
那么好吧，就让我们在高处握手言和

（原载《齐鲁文学作品年展2014》，获第四届"红高粱诗歌奖"、2014年齐鲁文学作品年展最佳作品奖）

风儿带走的，云朵正送给我们

在逆光的剪影里，能够发光的
除了爱，还有什么
这悲喜交集的人生
世界里沉睡着所有的夜晚
而每一次拥抱都像第一次
你的脸蛋儿紧贴在我的胸前
星光在头顶动人衷肠
蓝色的波涛在高处，翻涌着热泪
多少年了，我们的生活沾染了太多魔法
尽管困窘，却也富足
尽管狭窄，却也回荡着宽广的琴声
即使那只脚把我们狠狠踹进了泥里
也无非是命运又把我们错爱成种子
风儿带走的，云朵又送给我们
在天空的反光里，必定有一种更崇高的法则
和人匹配，就像流水一次次经过扭曲的肠胃

再一次恢复成最初的本原
就像所有可怜而不朽的人们
在一次次相拥中，你再一次成为我的宝贝
成为我和我的同类

（原载《诗刊》2016 年第 5 期上半月刊，入选四川民族出版社《中国诗人年度诗歌选集 2018》、泰山出版社《山东作家作品年选》2016 综合卷）

第四辑

养育光芒

落 日

它剩余的辉煌，把夕光的长针
深深炙入人们的眼睛
道路上满铺着黄金
和它的灰烬

这是明亮的时刻，但不是最后
这是温暖的时刻，但不是最后
在下一刻，它是辛波丝卡的海参
在危险中

它暴烈地把自己分成一个末日和一个拯救
分成一个处罚和一个奖赏，分成曾经是和将是

到底，你爱不爱它
到底，你爱不爱我
已无关紧要

我将像你一样，坠入它预设的深处

足够黑

足够光明

足够喷出世间的隐喻和神启

正如足够我们活着，在它转身时拖曳的灰长裙里

（原载《诗刊》2016年特刊，入选吉林大学出版社《2016华文青年诗人奖》、南海出版公司《70后汉诗年选》）

炉 中

煮粥时你突然听到
沸腾的水翻卷在壶中
呼叫着，奔腾着，冲突着

顽皮的，不安的和英勇无比的
都变成了蒸汽
飘作空中的神马和白云
那些沉降下来的
在养育胃口和欲望
大的如南瓜，小的如米粒

读书的孩子坐在屋顶上
她惊讶于看到的世界
突然变远了，远在想象之上
一切都在为最神奇的魔法添油加醋

你不断翻着炉中，越来越旺的火

火蹿出了炉子

这一生我们都在朝着火奔跑

最后是烟，最好的是光

（原载《青岛文学》2018 年第 11 期）

迎风泪

走着走着就忍不住流泪
逝去多年的外婆又来到我的梦里
而杏子青涩，母亲却在桥头向我挥别

走着走着就忍不住流泪
亲爱的孩子不再抱住我的双腿，书包压在肩上
小小的身影沿着长路独自向前倾斜

天早就黑透了，上班的人还走在路上
放学的孩子是在邻居家吃了晚饭
还是又在助教家等不及了

走着走着就忍不住流泪
但已经来不及了，说过爱我和恨我的人
已经消逝，在正在消逝的茫茫人海

假如有一盏灯还等在世上
等待的灵魂就有可归依的屋檐

走着走着就忍不住流泪
有时候落在脸上
有时候如刺在喉
有时候又滚落回肺肠

走着走着就忍不住流泪
风吹或不吹，我的眼睛里
都蓄满了风的波浪，摇荡着不可预测的形状

（原载《山东文学》2016 年 10 月上半月刊）

一滴泪在寻找它的光

在茂盛如海的花树下哭
终于擦肩的青春和错置的爱情

在人间的萧索里哭
掸去眼中深埋的灰尘

到提前选好的坟地里哭
活着的永恒而不朽的孤独

想哭，就来人群里哭吧
为提取不出来的自己

一个人沮丧地哭，衰败地哭
卑微而软弱地哭，撕心裂肺地哭
沉默不语、无可奈何地哭
无辜地哭，无端地哭，忍不住地哭

像英雄一样低着头，在小路上在夹缝中

放过倔强、扭曲的火
放过尚未燃尽的灰，放过火钳上的
也放过失去的，放过万物终将成为的落叶

只有哭过的天空
一切依旧，还是刚开始的样子
还有明晃晃的光在等着，一个又一个落难的太阳

（原载《山东文学》2018年第4期上半月刊，入选江苏凤凰文艺出版社《2018诗歌年选》）

雨落黄昏带来更硕大的灯花

雨落进黄昏，无数模糊的雨线
更加模糊了眼前的黄昏
一个用背狠抵着黄昏和大雨的人
缩着脑袋，弯着腰身
雨水正从头顶顺流而下
这一生仿佛要顺从于流淌的无情
却又狠抵着时光
执拗于不懈地行走
在漫长的泥泞和黑暗之中
仿佛一生都是这样
我打开车灯，微弱的光
只为摸黑的人能看见我
一个和他一样的赶路人
也为夜行的蝙蝠能飞进荷马的梦境
道路完全黑下来的时候
一团团硕大的灯花

拖着毛茸茸的光圈

开在汽车和路灯的眼睛上

虚茫茫地亮着寻找者的眼睛

（原载《中国诗歌》2018 年第 1 卷）

我不满足这夜晚的寂静

落日垂暮，道路模糊不清
众神睡在黑暗里
坐在地上久了伸手能够到星星

今夜雨滴，从高处落下
砸到大地的怀里，溅不起一个泥坑
路人轻微的脚步赶不上一阵狗吠
惊起的气流
这里的寂静是钟表的
盘心盛满的永恒寂静
和噼啪走动想破钟而出的神秘之脚

直到有一个拖着行旅箱的人从远处
归来。又消失在远处……
他留下的和带走的
是破钟而出又钻进钟表的一块块滚石

（原载《绿风》2017 年第 4 期）

光，总不期而至

我想要光，光便来了
昂扬的光，金手指的光
从云朵的尖顶教堂倾泻而下
穿过乌烟、沼泽和丛林
沿逼仄的夹缝
突然涌来的光
照在我身上
让一个人也像一束小小的光
小小的光源
穿过泥沙俱下的险滩
光常常这样，在最黑的时辰
光用它的自身
突然就点亮了
另一些像光的星群和濒死的灵魂

（原载《中国诗歌》2018 年第 1 卷）

灯　塔

一定是梦沉淀的光，让它生出了翅膀
长成巨人，在众生迭起的浪尖
用光芒的臂弯，挽住黑暗的陷落

一定是来自最高的信仰，爱和悲悯
痛苦时，它是广袤天空的雨滴
幸福时，它是天花板上镶嵌的月亮
往返于来时的道路，让幻影重现

这暴风中诞生的烛火，就像生活
有时候需要通过幻想
增加活着的长宽、韧度和温度

落魄如我的人，在它的光圈里
流泪，受苦，孤独，绝望，感念
承受命运和它的光照

这构成了我的道路，浓雾中悬而不落的灯塔

我远远地朝它走去，终于抵达它的时候
才发现，它那里什么都没有
除了身上汹涌的热气
它那里什么都没有，但偶尔抬头它又隐现在远方

（原载《江南诗》2017年3月，入选四川民族出版社《中国诗人年度诗歌选集2018》《诗刊·新时代》，2017年获山东省作协“喜迎十九大征文”诗歌一等奖）

养育光芒

每个人都有一个长长的未来
夜晚用双手划动看不见的深黑的船桨

飞蛾绕着命运的光柱
蚊蝇晃动着蓬蓬裙的翅膀

嘿，是谁？让我们死时
我们却意外地活着……

为一次小小的会心的微笑
为衣食苦为住行谋，年轻却凋谢的玫瑰

我们无法清除苍冷而卑微的底色
但我尝试用一束翡翠的光泽来装饰内心

一万种黎明（那长夜养育的万千光线）

一万条出路（每一条都不是为了逃的）

也许我们正反向而行，在充满幻想的沼气池里
被霉菌和时间的气泡，塞紧了鼻子

（原载《时代文学》2017年第10期，2017年获山东省作协“喜迎十九大征文诗歌”一等奖，入选《诗刊·新时代》）

生　火

父亲从黄昏归来，带着青草、果枝
混合汗液的气味，和母亲一起
在柴房里
不停地煽火，吹着灶底将熄的余烬

噼噼啪啪的火苗，仿佛初吻
燃烧着落叶、枯枝
间或吞下冒着浓烟的雨水
或者大雪之后，一只初试啼鸣的山鸡

我知道他们共同的事情
就是用血汗，将它们全部变成火
哪怕是变成苹果树上一颗稍纵即逝的火星

架在那张有着巨大胃口的沸腾口子之下

但多么漫长啊，却面条一样柔韧
他们终于将自己熬成了火焰
将我变成了女儿，妻子，母亲，女儿的女儿

（原载《作家》2019年第3期，《诗选刊》2019年第5期转载）

欢 聚

酒过三巡，他的话多了起来
他眼圈发红，开始试我给他买的新衣
我帮他扣第二颗纽扣的时候
他枯瘦的脸，老泪一下子纵横起来
头上的白发像一簇簇细小的手雷
她安静地站在一旁，像他一样
用手抹着脸上的水光
我冲着他笑了一会儿
又冲着她笑了一会儿
去见他们之前，我和他们一样
常常躲在有人和没人的地方
只有眼泪不会辜负想念和欢颜
但是，今天我们又要道别了

（原载《诗刊》2017 年第 10 期下半月刊）

群山呼啸

1993 年的群山迎面扑来
我们坐着敞篷车，从县城中考归来
白天在考场沙沙走笔
住宿宾馆旁的电影院夜夜喧响
让我一路多么恍惚

每次我一睁开眼睛就是群山
从身边退去，又迅速迎来
群山像一座接一座的坟墓
哦不，群山呼啸
缭绕着新的迷茫，立起不同的标高
不知道迷糊了多久
不知道睁开了多少眼睛
不知道要在哪一座山前停下来

那天我们停下来，月光照亮了群山

我们坐在乡村中学的宿舍里
平生第一次吃方便面
说着更多不知道的事物
我们不知道的
多如群山，而群山如星宿
这一生，群山总不停地把我们带远
又不停地把我们带向群山

（原载《飞天》2019 年第 6 期）

银 月 光

想必他一定在孤独的那边
日夜不停地錾
錾蝴蝶恋上了牡丹，梅花引来了暗香
福禄寿喜錾在项圈、手镯、脚环和长命锁上
据说只有錾进了月光的银器
戴在身上才能发出奇妙动人的
月光敲打水波的声响

父亲给他取名“银”
“人”或“仁”的近似音
年轻时他是老字号金师傅的学徒
他和所有学徒工一样
曾对着神龛，当着两个保人
立下契约，三年无工资
那年的天花放过了他
战争却夺走了他的儿女

后来他的银器店安在曲阜的棋盘街上
左边皮货店前常年晒着狐狸和兔子的毛皮
血淋淋的，常让他稳不住錾刻的手
右边是裕酒坊
醉醺醺地让他每每有醉生梦死的错觉

银水在坩埚里熬了他一辈子
只有月亮高高升起时
他才会对着妻子的遗像点起煤油灯
把银靠在火焰上
再用嘴轻轻地吹起吹筒的火焰
绚丽的色彩便软软地融化在银上

这神奇的点翠上蓝
等风的手指动了动，银爷便走进了月亮

（原载《飞天》2019 年第 6 期）

歌　唱

灰色的路在零下十度的寒风里
和车流一起歌唱，奔跑的运货车上
还有一个老人坐在运载的圆木上歌唱
他的歌声仿佛气流让我微微发颤

我惊讶他从圆木上摇摇晃晃地直起了腰
双手不停地比画，大声叫喊
那喊声冲出歌唱的乐音
突然陡峭得让人惊恐不安

货车终于放慢了速度
他也抱着头趴在圆木上，像另一根圆木
在过限高桥涵时紧紧地缩成一团
我庆幸他完整而光秃的脑袋
还生有一团警惕者的火焰

接着我就听到他的歌唱
从黑洞洞的桥涵里传来，像曲曲折折的波浪

（原载《作家》2019 年第 3 期，入选辽宁人民出版社《2019 中国最佳诗歌》，《诗选刊》2019 年第 5 期转载）

香我枝上花

离开动物园
我们又在湖边伫立了很久
岸上烟柳早落尽了春色
水中枯荷还擎着
雪的情致，越来越爱
这干净朴素的人间
如果不是风起，涟漪
几乎是凝固的，而
突然盛开的腊梅荡来缭绕不息的香气
仿佛突然到来的父母
就在刚才，我们不约而同地爱上了
秋千架上相互簇拥的恒河猴一家
栅栏两边凝望的目光
缠绕着，久久舍不得移去

（原载《作家》2019年第3期）

爱情 21 克

是不是还有一个怀抱值得我
为此一生一世，只开一扇玫瑰色的窗

即使我们像石头一样对坐
沉默，但一个眼神就足以风生水起

这一生抽刀断水太多，痛苦和抱怨太多
玫瑰在庭院开得妖娆而饕餮，我吻中了它的刺

彻骨的凉意忍着它，绝望之蕊沿每一个清晨复活
我亦步亦趋朝你俯身，不仅要生下一个孩子

还要生下另一座天堂，用来背叛、散场、孤独
也用来遗忘和呼唤，安放那些深情却迷惘的灯盏

即使用一生我也说不清，爱有多么困难就有多美好

即使狂风抽起陨石击碎了我，爱依然是绝美的血之温泉

净重 21 克，这是上帝的约定

把它交给火吧，要释放司酒的火神
把它交给酒吧，调兑了魔鬼和天使的陈酿，请你封藏好我

（原载《诗潮》2013 年 6 月号，《诗选刊》2013 年 8 月转载，入选《诗刊》2013 年 12 期下半月刊、漓江出版社《2013 中国年度诗歌》、漓江出版社《2013 华文青年诗人奖获奖作品》）

左手和右手相爱

就像左手和右手相爱，我们十指相扣
走在各自孤独的深处

而上天怜悯我们啊，赠予我们
一个天使般的孩子，以此赎回
那个海枯石烂的约定——

你看到乌云之后的光芒
我的眼睛一直在找寻着那光
而脚却深深地陷在黑暗里

我还能再给你光吗？你懂我
就像我懂你
一个灵魂照耀着另一个灵魂

这些被上帝咬过的苹果

沉陷在自身的不圆满里，是否
内心还葆有一份火辣辣的爱

就像左手和右手相爱，我们十指相扣
一个灵魂找到了另一个灵魂

（原载《绿风》2013年第4期，《诗选刊》2013年第11—12期转载，2014年获中国“第二届网络文学大奖赛”诗歌奖）

对　戒

是宁静的贝和大海的沙，对接心尖
是柔美的圆和雄阔的方，融化蝴蝶的茧蛹
是含泪的心和潮湿的手，握了又别别了又握

“你是我的生命……”
多么完整的幸福，在彼此指认

美人蕉在庭院里簇拥着，这安稳的人生
而鸢尾花，已向更远的远方
打开了螺旋的花苞，哦那徒劳的诱惑

我们依旧手扣着手，串心的枝丫一样
开着枝，散着叶
假如这是真的，那该多好
那些叫光的精灵，正从屋顶漏下天使的眼睛

（原载《诗刊》2014 年特刊）

舌尖上的西梅

总不忍轻易剥开，总不忍轻易碰触
这层糖衣里脉脉含着的果子

她是想把它的一半留给丈夫
另一半留给女儿
或许，更应该把它留给父母

但现在，它不过是一块糖果
再也不是稀罕之物，再也不是流淌之质

但西梅在她舌尖打滑的时候
她的确感到一阵眩晕滚烫的吻
她的确听到一个孩子咯咯的笑声

又似乎，是一只长满老茧的手
将一颗不忍下咽的甜豆豆塞进她的嘴里

另一只更粗糙的大手
轻轻刮一下鼻涕虫的红鼻子

幸福，如此在舌尖上哽咽
从甜蜜之萼，拨动坚硬的，也拨动温软的
是融化和溢出……正如她品尝的这枚法国西梅

它最终露出了一枚小小的核，终极的核
精巧，温润，朱红：如一枚小小的心
带着固执的甜，残留的酸
藏匿着一片梅园的暗与香

（原载《山东文学》2012 年第 2 期，入选《诗选刊》2013 年第 2 期、长江文艺出版社《2013 年中国诗歌精选》）

亲爱的孩子

就让月亮和星星挂在幽蓝的墙上吧
我想给你几盏灯，亮在每天的屋顶
最黑的夜里，总有一盏能照耀辽阔的梦境
给你万卷诗书、钢琴、画笔、良美和宁静
它们都是奏响自己，闪闪发光的星辰
再给你一扇蝴蝶形的窗子
带给你翅膀的远方，但请记住
破茧之前，一个人也有毛毛虫的前身
庄周用来梦蝶，大道御风
梁祝用爱化蝶，拼死飞向永恒
再给你小狗、小猫，米奇和一个童话王国的伙伴
即使这一生总是孤独永存
再给你盛美的衣橱，放梦的小床
给你公主的粉调，王子的蓝调
旷野的绿调、红调
一个物质时代的金调、灰调、黑调和白调

但我无法给你红木、紫楠、象牙、钻石
铺满金砖的地板、银砖的通道
我不可能说：光——光便来了
亲爱的孩子，你也一样
即使我给你的，也无非像树叶在时间里缓缓消失
除了一颗心，我什么都给不了你
除了你每天都像一张都有所不同的白纸
只有路上的石头，从脚下发出恒久的回声

（原载《山东文学》2016 年 10 月上半月刊）

弹琴的孩子

仿佛清风吹过树叶，微微碰击
树叶间的光，哗哗轻响
一个柔软的梦，像细浪涌来

失去的一切又回来了
当我凝眸，谛听
黑夜舞台上弹琴的孩子
一束追光，追着她
琴键上舞蹈的手指
抚着细浪涌来，多么柔软的梦

谁能想到，几个月前
她曾承受的折骨断臂的痛楚
仿佛是光在奏响
黑夜最有力的敲击

而一双看不见的手，一直在

抚动一个世界神秘的交响

（原载《作家》2019 年第 3 期，《诗选刊》2019 年第 5 期转载）

自　白

几个肥皂泡破灭之后
她蘸着脸上的水

擦娃娃的脸，擦圣母的像
擦油盐酱醋，擦电器里隐藏的静
是的，是那些看不见的静吸瘪了她的乳房
一块抹布，比谁都清楚
自己干净才能擦得干净，才能擦出光和亮

她擦用旧的口红，擦眉骨上高挑的阴影
她擦寒蝉脱下的铠甲，擦前车之鉴
她擦流淌的水锈、上课的响铃
她擦黑板上的黑也擦白板上的白
她擦调试台上的控制杠杆、金属手柄
蓦然回头时，她擦了一个圆又一个圆
她站成了一个暗红的原点

她擦了擦夕阳的头发

而心，如明镜台
她和佛祖相视而笑
不知什么时候，佛的笑纹里竟有一丝灰
她却怎么擦也擦不去

（原载《诗刊》2009 年 2 月下半月刊，《诗选刊》2010 年第 2 期）

这么洁净的一天是幸福的

幽兰就幽在这里，琴音就氤在这里
明亮的窗格里，镶满双手捧来的阳光

雾涛早已散去，我关上《1942》影片中的大饥饿
穿过那些烽烟与灾难并重的岁月

将明天的那只脚，叠在昨天的那条腿上
膝上的一部书里，半开半合是预示的生死

就让泛滥的风暴，亲吻看似静物的黄花吧
累而满的第365天……在案前打着心满意足的盹

虽然水是凉的，茶却是要烫的
两颗红豆：一颗寄给乌乡的月亮，另一颗正寄在心上

暗香就养在这里，泪水就活在这里

这宁静、热腾腾的氧，这劳碌之后滚滚的金光啊

是苦艾滤净灰调的屋宇，漏下的星星的灯盏
亲爱的，这么洁净的一天是幸福的

（原载《诗刊》2014 年 8 月下半月刊）

当光点在一盏灯上

在空旷里高喊一声，就有一声回应
一个人喊着喊着就喊得泪流满面
当光点在一盏灯上，就点亮了万家灯火
它只管领着我们，往灵魂深处走

来自云上的姐妹，蚂蚁和云雀鸣禽
来自微星的兄弟，茅草和八面来风
我们把灯笼挂在天空的屋顶上
背面是雪光皎洁的山，对面流淌着声声慢的河

白菜萝卜粗糙米，野花和牛羊嬉戏
草叶上有颤动的神灵，露水上悬荡着瞬间的永恒

没有兵器厂和枪炮手，只有人们老去的骨头
没有时间也没有规制，众生和死亡一样平等
人们手持雪莲围着篝火，跳舞和祈福

用河水中那个完全颠倒的世界，祭祀与避邪

天和地的镜子里住着一片遥远的苍茫
在俯仰之间，我们劳作
我们守着泥土似的爱人，万物生万物皆慈悲

（原载《绿风》2017 年第 4 期）

第五辑

温柔以待

每个人的身体里都有一座寺宇

香客向众神朝拜，我只面觐自身
我确信每个人的身体里都有一座寺宇
安放草木，鸟鸣，莲花，钟声和大慈悲
我确信破败的屋宇，也身怀朴素的佛光
此岸与彼岸，仅在一念之间

美在丑侧，善在恶旁
喧腾过后，即是无边寂静
红殇转身，即是盛夏的果实
青春燎红了原野，方有文火煨熟的年华
每个人的佛国注定，此起，彼伏

我本摆渡着绝色，向空
轮回。其间你看不到我
心存剧痛，用绝望之灰掩埋过无数的我们
这一生，我含泪微笑的事业就是用光

再造一座感业寺，供你爱上便誓不回头

（原载《诗潮》2013 年 6 月号，《诗选刊》2013 年 8 月转载）

蔷　薇

我停下来，忍不住回头望着他

赤脚。蓬头垢面
破衣烂衫。像碎片
在寒风中的二月。他弯着腰
双手在道路栅栏的蔷薇丛中
反复折，一枝蔷薇

他青睐很久的蔷薇
那么美好又柔韧
是根深蒂固的蔷薇科，但也有根深蒂固的命运
但也不像他的想象
轻易就折出断裂的脆响
条蔓上，蔷薇的叶芽和刺回赠着他

他的心里开满了蔷薇花。他心满意足地离去

提着他的蛇皮袋
风中的白发，看起来和我父亲一样

在这个早春，我的两个老父亲
一个在等待手术
一个在病床上等待那一天的来临
人们身上都盛开着无数看不见的蔷薇花

（原载《红豆》2018 年第 8 期，入选长江文艺出版社《2018 年中国诗歌精选》）

荡 漾

湖边的一个小女孩正高声诵读
她一边读着《一个善举》
一边向湖里投一枚石子
她每读一页
湖里的波纹就向四周扩大一圈
就像香樟树的影子落进湖里
不，就像香樟树的香气
不，香樟树不会出现在这里
是垂柳代替了香樟树的香
把树冠一样荡漾的绿
送到了湖心，一圈又一圈
湖面上回荡着一圈又一圈不断扩大的波纹
她说，善良的力量
就是石子投入水中向外扩散的波纹

（原载《江南诗》2017 年 3 月）

惊初见

天的蓝和湖的蓝惊起彼此的涟漪
就这样面对面坐着
我们点起高高的蜡烛
树叶形的船帆，像人们继续远行时翻阅的经幡
除此，就是恒久的蓝
浸泡在夜晚辽阔的目光里
水轻轻地摇着波浪
蜜红的茶，从唇上小口啜着琥珀似的汁液
热气袅袅腾腾，翻转着碰撞杯壁上的双手
怕一饮而尽，怕烛光一下子就烧灼了半边天
一个人无声地喊着另一个人
当天光落下羞红的盖头
我什么都不说，你也明白

（原载《十月》2019 年特刊）

玫瑰，玫瑰

光泽和刺，爱和伤害
玫瑰和玫瑰对坐在水和火里
望眼欲穿的影，在岸与岸之间
左右摇摆，像红鲤

吐出细节，风骨，情调和香气
冷冷艳艳的花瓣反复幻化
这小人儿，这死不悔改的
泡泡雨，蜜蜜意，你吹吧你调吧
如果疼痛再尖锐一尺
如果幸福再明亮一圈
如果献祭扩大成一个圆
那么我拔出前世的刺种进你的根里

那么你爱上我，是必然的
这玫瑰和玫瑰的宿敌，必然的短兵相接

这零落的果子，这蛇

（原载《诗刊》2009年2月下半月刊，《诗选刊》2010年第2期转载）

杯中酒

竟然走断了高跟鞋，弄丢了衣衫

一个人湿漉漉地走在月亮地里
晒月光，闻黄花独幽幽的香
抬头满月高悬
这人间事，说散就散了

除了泪流满面，除了焦虑和忧思
我的沉默，已无口可开

你的手伸向我时
月亮就已死去，爱情无法碰触
人事太过艰难，多么无能为力

只剩下不朽的月光
无辜地死了一地

所有无法言说的，就让我们干杯吧

这是寂静环绕群山的时刻
闪电和雷霆呜咽在胸中
我喝多了，用悲伤安慰着另一些悲伤

（原载《红豆》2018 年第 8 期）

一夜倾城

全都给你了。这眩晕，荡漾
这万顷玫瑰园的丰饶，和毒
这酒的火焰，花的外衣，全都给你了
连同持久战，美人计，攻心计
一湖百年动荡的水，连同这玫瑰城堡朴素的葱茏
天使转身
在幻化蝴蝶的瞬间，那破蛹即碎的玉
墟，与孤独。全都是你的
我在你欠缺的地方，我是你的
女儿，母亲，妻子，情人
不必说再见啦
一生只爱一次，已倾尽三生

（原载《绿风》2012 年第 4 期）

草　莓

但还是发生了，只此一夜
昨日草莓，它们少女般洁艳的身体
就覆没在白蒙蒙的雪雾里
——准确地说，是覆没在毛茸茸的菌群里
暗淡，酸腐，一摊殷殷红液
透过包裹的白色袋状物，洇到地板上
像伤逝者之血，更像是酒
——为什么不能像是酒呢
就是昨天，我还忍不住用嘴唇享用它
用牙齿伤害它——就像在受用
在受用一场爱情，那娇艳欲滴的神话
我还没用尽它呢，就已血泪横流了
辛酸与甘苦并蒂，幸运与危机并生
就像绕梁三尺不等气尽，就羽化成酒
可饮可品，却不可饕餮不可亵渎
足以让人用一生去回味，来憧憬

——这易腐之物，我怜惜它
速朽不过如此——浩荡无常的菌芽随时都会
以不动声色之势，消解这形如草莓的鲜灵之物
占据它，鲜美它，继而是衰亡……
但却（菌芽）并未到此为止，它（草莓）也不会因此而消失
这让你将尽未尽，就像我也是其中之一

（原载《诗刊》2014 年 8 月下半月刊）

三十厘米的爱

那么好吧，就让我们手拉着手
以三十厘米的距离，彼此凝视
两个人的深海，我们都不再是琥珀色的鱼
尽管岁月也剥不落此起彼伏的鱼尾纹
但我们还是这么干净、慈悲

可是，能让我们再靠近一点儿吗
以血液的温度，以含泪的濡沫
喂养，粗粝生活沙滩上那覆露的玫瑰，麋鹿，人群
那哀号的孤独，广袤却纤细的游光
如果，这是我爱你最好的距离……

但干枯的笑容呵，就像彼此坚硬的心
这困住我们的
这顾盼，却又悄悄逃离的——禁忌

直到我们视而不见，就像左膀抱着右臂
独自在夜色的深渊，翻涌
最是缠绕在心尖上的那海水味的苦，般若波罗蜜般的甜
正一浪接着一浪，喊出爱的魂儿

（原载《诗刊》2014年8月下半月刊，入选漓江出版社《2014中国年度诗歌》）

完美之瓷

我曾是他碎去的那部分，锋利的
使他血流不止，像一摊熏醉的泥
不堪思量，更无从面对
我不知道是什么将他修复得如此完美
现在他呈献给我，他心底的瓷

细致的瓷，骨质的瓷，波澜迭生彩釉的瓷
光滑拙朴，薄如白纸
它隐去了那些不被言说的部分
比如锻造者的火焰，岁月的裂变
死灰，情愫，与火种
这皇家的高档之瓷，居家的奢侈之瓷

他送给我就拐进了一场细雨
让我徒生不安……我不能用它品茶，装果实
也盛不了眼泪，养不下鲜花

它不是我的，却在我战栗的手指下
一再滑脱，或者重塑？
而唯有回忆溢美如初，尚可许给未来

（原载《山东文学》2012年第2期，入选山东文艺出版社《册页·新世纪10年山东诗选》）

爱恋悠长而时光弥短

一次次道别，又一次次晚安
仁慈而残忍的神
安排了这场日与夜的念想

明天是一只巨翅的痴鸟
在火光冲天的荊棘花园里

你看不到我
俯身万物低语的模样
我羞于说出，我无限敬畏的爱
无非是一个人的兵荒马乱，草长莺飞
在万物投身的镜像里

我看到什么，什么便是你
我怜爱什么，你便是什么
……这辽阔尘寰的赐赠

我仅仅是你不完整的那一点儿星辰

那一点儿柔软的，易碎的
易于消逝又易于永恒涕泣的一点儿
我们的那一点儿

（原载《十月》2019 年特刊）

即使燃烧也无法安慰爱情

你吮吸，我玫瑰色的孤独
这蜂巢盛满了蜜与毒

你啜饮我全身的风暴
在甜蜜和死亡交汇的峰顶
轻轻行走，欢快地滑行

以水品尝火
以沦陷旋转起飞升的烟雾
塞满这个世界的幸福和恐惧一样
我们无法控制的实在太多了
除了完全浸入，两具本身的发光体

像用灾难触及一场饥饿
每一条线索都牵出一条光线
我们通体发光，即使燃烧

也无法安慰
爱情建筑的避难所早已千疮百孔

是什么早已丧失了
玫瑰之于玫瑰的细流
而构成一纸依附，我们
假装扭动，假装水摇摆着火
把彼此推向高潮，推进悬崖

（原载《十月》2019 年特刊）

侵略的风

你看啊，大风在窗子的睫毛上哗动

而银杏树叶扑闪着小碎光，这风中蝴蝶
飘旋在我窗外，一片一片地溢着美
它们多么轻啊，甚至压不住迎头而上的气流
压不住雷霆、闪电，压不住
菜板、风衣和冰山的一角。这破败残损的迹象
如一行浅尝辄止的诗，一片片亮闪闪的虚词

大风一吹，它们忽地就滑落下来了，在荒芜之地
它们集体腾空了，高处的生活

而侵略性的风，还在紧追着
一只红色塑料袋，它飘荡着
那种惊心动魄的红，绚美的红，像一片晚霞
飘在人间，和更多的飘零之物一起

还在忍着热爱，闪着迷人的光彩，一片又一片
你看啊，很快就安静下来了

你看啊，也不过是侵略性的风

（原载《山东文学》2013年10月上半月刊，《诗选刊》2013年第11—12期转载，2014年获“中国第二届网络文学大奖赛”诗歌奖）

爱 下 去

爱那个优柔的人，也不要爱上决绝
一生败给流水，也不要誓不回头
一生那么短，能够说爱的人真的不多
去爱的人都那么卑贱
在软刀子下活着
昨天割破的，就用今天的茧子来缝合
还没有走的路，都会去向往
一生都在，不断地诀别
一生都在，向一个裂缝聚合
一生都在，向着埋藏悲痛欲绝的墓穴
昂着高贵的头，落下尘埃里的脚
用一生爱
宽恕迎面而来的风暴和沙尘

（原载《十月》2019 年特刊）

摆 渡

我停下来，看着眼前的海
汹涌，惊涛拍卷着礁石和流沙
仿佛要把一切裹进去

舟楫如树叶，我看着它们
在顺水里摆渡着别人
逆境里就摆渡自身
沉重的船体咬着吃水线切开风浪
生出路，吞下更大的风浪

在茫茫人海里望着边际
我是被打沉的那个
更是被滔天巨浪扶上云头的那朵

（原载《作家》2019 年第 3 期，《诗选刊》2019 年第 5 期转载）

当我向今天忏悔

日薄西山时，我又感到了这种流逝
如犯罪，我的一天才刚刚开始

我向红茶，果蔬和粮食道歉
向对这一天的奖赏道歉

深感不安的人带回了披星戴月的
未读之书、未竟之爱和变化莫测的河流

砍掉明天的荆棘，我愿孤独如灯
像我勤劳的父亲，开垦薄薄的田地

还有我温良的母亲，她日复一日
汲起落进深井里的水和反光

烟囱向天空描绘着人们的画卷

还有波浪卷不走的，大风吹不败的

所有的明天都是可数的
我愿是一个异数，解下挂在乌柏树上的头颅

（原载《作家》2019 年第 3 期，入选长江文艺出版社《2019 中国诗歌精选》）

只有爱寂静不死

这一夜琴声，变成了月光和流水
世事闪烁总不停地流失

只有爱寂静不死，蓝色的波涛交叠
涌向彼岸
这大海的泡沫，梦中的蝴蝶

万物奏鸣
孩子们在黑暗里演奏
绿袖子，虫儿飞，斯卡伯勒市场……

静谧，又汹涌
这向生的梯子
在积雪的反光里，一次次将我们摔向绝处

所幸，幼鹅的脖颈还弯曲着

鸣叫天空的波光
所幸，坟头开裂，蝴蝶飞处
每一小朵春天都长出了的花蕾

所幸，已没有所幸
你捧着一颗心来，我捧着一颗心去
即使转身是凋零，即使这一生终将毁灭

（原载《四川文学》2016 年第 5 期）

第六辑

万物闪耀

万物因你而闪耀

笑容已经稳妥，麦芒从麦穗上抽出
金色的光芒
大地的数字影院，万物闪耀

冲锋在前的总是一群咯咯欢笑的孩子
迎面走来的是一个怀孕的女人

露水从花瓣垂下昨日细碎的浪花
每天更迭的剧目和剧情
因你的到来，成为我不同的意义

万物因你，染上了所有迷恋的光泽
在每一次心跳的洋流
在灯光熄灭，时光飞逝的沼泽

万物因你而闪耀，此时万物是你

我因此张开双臂，成为
一朵想飞的花，一个奔跑的孩子

成为饱满的锋芒，成为所有
热烈和寂静，为之赴汤蹈火的理由

（原载《诗刊》2017年10月下半月刊，入选《诗刊》2017年第12期下半月刊、中国文联出版社《2017山东诗歌年鉴》，2017年获山东省作协“喜迎十九大征文”诗歌一等奖）

开在香山顶上的花朵

牡丹谢了，芍药已经娉婷起花蕾
山顶上总有一朵花在等你

你可以唤它香槐，蔷薇，紫云英
还可以叫它马兰，玫瑰，香草
在高于尘世的山顶上
它只管自顾自地开给你看，香给你识
仿佛流水之于高山
在山脊上喘吁吁地发着光
不管你有没有到来
不管你看没看它一眼
一种动人的美和力量覆在山顶上
压着滚石
——让我们无法坠落

——我们都是滚石

在生活的雨雪和风暴中
滚落，又被不断推升
向一座开向高处的花园
冒着汗水和泪花的香气，不停地攀登

而等你的花儿高耸在香气叠高的山上
以一朵蕾的模样
等待，奔向高处的人们
像轻雷呼唤着闪电
在高处，唤出一个接力着一个含香的人

（原载《时代文学》2019 年第 4 期）

碎片之诗

被我涂蓝的是，火车向前
咔嚓，咔嚓……仿佛抽刀断水
远处，一片空无

被我涂绿的是，成群结队的草
从坟头抽出新芽
死，压根就挡不住春天的漫延

还有迷人的炫彩：和这个世界一样
疯狂——房子、车子和票子
或者黑白无常

当然，我依旧会许你一颗极致的心
琥珀色的爱，漫过钻石一样的时光
像普渡寺的风，那么干净

但别以为一把刷子就可以治愈死亡
安慰起霾的苍生，暗影里的落红
除此，凌晨的事务从这里延续

白夜在这里挣扎完了，所有悲伤都成了灰烬
除了写一首幸福的诗
头顶上那把皎洁的镰刀，一天天
把我们割碎的生活又镀上了一层银光

（原载《山东文学》2016年10月上半月刊）

木质花园

多么惬意！在三张木椅拼搭的床上
午憩一会儿，多么惬意

一只椅子安放我蓬乱的脑袋
一只椅子安放我吱嘎生锈的身子
一只椅子安放我的脚踝和脚印

仿佛，我就是我的王了
凌驾于三只座椅的王，分三个区域安放
一个人疲惫不堪的思想，劳力和脚力

任头发翻卷出浪花，拍打着自由的彼岸
任虫子微痒着爬过胳膊，再猛咬一口心脏
任高跟鞋敲扣着催命的乐符——

就这样把自己安放在一个王国的摇篮里

想必我是睡着了，再也支撑不下去的
那些蜜蜂一样的君君臣臣
终于放下自己，在一座木质的花园里睡着了

（原载《绿风》2014 年第 4 期）

樱花和鸟

那只画眉，在窗台的笼子里
狠扇了一阵翅膀，尖叫了一声
说不定这也是一只孤独的鸟

但没有谁来呼应它，也没有什么
和它对称。除了眼前
那些摇曳之后，纷纷飘落的樱花
它就唧唧唧啾，唧唧唧啾
婉转地叫，伤心地叫，孤绝地叫

鸟能懂什么呢
窗棂里，镜中隐现的女子
看一会儿鸟，再赏一会儿樱花
她感到自己一会儿是那只鸟
一会儿又像一阵飞簌的樱花

多少年来，一面神秘的镜子
将屋顶的满月照向空无，将红果啃噬成梨片
她一直在向前俯冲，在向下沉陷
在明亮或苍茫的光线里

（原载《绿风》2014 年第 4 期）

这个秋天

这个秋天，秋水没有流泻
云朵从窗外调出丝竹、绸缎和锦帛
流转所有情节，仿佛地上的滚珠
所及之处，漫散着黄金
抑扬顿挫的起伏，这尘世的巨幅动漫
适合一个人朗读——
在高天和靛蓝构建的小屋
略带抒情，由远及近的
也终是缘于怀念故土的宽厚
木叶们纷扬着放弃绿处的生活
她们落地无声呢，寂静也妖娆呵
一场辽阔的隐身术
潜藏起蚊蝇、黑暗和肮脏的杀机
替作世态剧里的一朵羽毛
且轻且柔，好比淹没你时的雪

（原载《诗刊》2009 年 2 月下半月刊，《诗选刊》2010 年第 2 期）

冬　夜

整个夜晚都是我的
整个夜晚的盛席华宴温暖而明亮
我在这里读那些不说忧伤的孤独
汉唐的气息，岫端里软体的爱情
我一会儿是我
一会儿又是整个浩渺的世界
我呼吸着你的呼吸
魂贴着魂儿
我从来没有远离过你呢
你也从来不曾消失，在我们之中
还有什么比这更幸福的时刻
雪花静静地落了一层又一层
梅花酣睡在窗外的梅树上
天光微黑，因垂悯这个纯白的世界
给我们设置了帷幕、困顿，兵剑、灾难
和一个又一个闪烁的背景

我们掐着火星

从高处爱着，从低处疼着

一会儿是这样，一会儿又是那样

就像星星陨落，月亮升起

就像时光机推着时光

穿过断头台，历史脱着胎换着骨

此刻正温柔地降落着一个又一个我

（原载《绿风》2016 年第 4 期）

声　音

送葬的队伍提前抵达
管子提前伸入肺叶
咳出一片鲜红，谁的花朵——

开满那年的花园
开满炙热的向晚
开在一些针头，一瓶液体上

光，亮着。刺目——
哗哗地响，寂静地响
穿过整个深秋的耳郭

一个声音
拉上一道道窗帘
一道门

起床的声音——

开门的声音——

松动的声音——

从内部往复燃烧的河流

奔涌着，翻滚着，向外——

向日葵的光芒照亮山坡

向阳的门槛比耳朵要高

大鸟掠过的坡地

金黄远比尘埃还轻

（原载《诗选刊》2008年第7期）

薄　雪

下雪了，静谧的夜
纯白，铺满了想象的美
仿佛飘落的爱恋，白得不含一丝儿杂质
白得仿佛一场幻觉，铺天盖地的光芒

足以照亮夜晚。但它时刻充满了危险
每个人都小心翼翼，在它白色的火焰里
满眼里含着它，满脑子想着它
原野里翻滚着它波浪的细语，道路与河流
单车、皮肤和嘴唇上……到处都颤动着它的化身
此刻，它真的大过天了
它倾天而来的时候，刚好压在我的心尖上

像一场灾难。但它无非是薄情的
无非是一片片痛苦的小小冰片
在这灼热的良辰，在安逸而满足的半杯酒里

它一下子就化了，一下子就飞了

比一群喳喳欢叫的鸟雀消失得更加迅疾

它顾不上我的呼喊，却裸给天际一角蔚蓝色的情意

（原载《山东文学》2016年10月上半月刊）

桃花经

浓浓淡淡，轻轻浅浅：一瓣两瓣
三四瓣，桃花落，桃花飘红的经页
飞溅美人的马蹄——

打开月光下的颓靡之城，城堡里
晦暗洞开的生活，交媾
一个深邃的隐喻，烙着桃花的印子
桃花开在渊薮上，似历史的旦角
你三教九流吹拉弹唱，她要三纲五常三从四德
一个在女体上建设肉欲、戒律、操守和虚无的长生殿

我看到神的心智和祭坛的香火
打着一个细软的手势——
成也桃花，败也桃花
正传、野史和绯闻也无非三言两拍：勾灵摄魂
像春天的长睫毛，扑闪着火在尘里

注定是祸起萧墙。红颜祸水哇——

能出塞的出了塞；能出使的出了使
能公关的公关；能施美的就施美人计
落了发的入了庵；风姿绰约的进了包房
落了水的就让她跳进黄河也洗不清
还有捐了善款，宅心仁厚的……长袖挥舞
红粉佳人啊，继续演绎的历史舞台剧

但愿，她们想要的
蝴蝶绕在身边，飞去了又飞来，花粉里盛满了蜂王的蜜
我只想，嫩的蕊、粉的瓣，一朵一朵地回到树上
回到一页暗香盈袖的经卷里
桃花灼灼，桃之夭夭
不必炒得沸沸扬扬，也不必开成红罂粟，
你打开，它，即是生
你合上，它，即是死

（原载《中国诗歌》2010 年第 10 卷，《诗选刊》2011 年第 1 期转载）

醉意阑珊

走路时，我还是晃了几晃
仿佛猩红的酒汁，给予我一阵猛似一阵的
暖流和眩晕

但明显地头重脚轻，这前倾的姿势
终究是行动敌不过思想的
倒下去时，我舒畅得像一条风平浪静的小河
连同莫名其妙的焦灼、孤苦，紧张，不安
这一生微澜。倒下去时，就消失了……

就抽空成那个稻草人，原来我如此空白的
欢愉，抑或悲伤？连同一个社会人
模糊视线里的麾麈老人，嘤嘤泣婴
行人，爱恋，责任或道义，似有还无的
碌碌幻象。倒下去时，就消失了

只有奔涌的无尽感，在血管里缓慢地轰鸣
有时像体内轰鸣的时钟，它摇头晃脑地摆动着
有时像一条重量失衡的木船，驶漏了多年的元气和血

（原载《绿风》2011年第4期）

走失的眼镜

一副眼镜已经很老了
它目力模糊，视窗混浊不堪
今晚它竟神秘地走失了

我找了它很久，从书房到厨房到洗手间
从钢琴到大床到我走动的地方

它和我一样，有老年痴呆的症候
常常想躲到谁也找不到的地方发呆
散乱地陷入天空和大海的深处

不错。万物都有它的局限

你看见它时，它是你
熟视无睹却无法分割的一部分
你看不见它时，它自有一场寂静的风暴

和万物浑然一体，只是它

一刻也不停地在透视你

（原载《青岛文学》2018 年第 11 期）

江郎山中

经过十八曲
开明寺的钟声被禅院的桂花说出
在山中缓释着冬日余香
再向上去，盘根错节的
紫楠，红楠，疏花山梅，青风藤，楞树
榔榆，拟赤杨，青灰叶下珠，毛竹
和路边的蕨草苔藓一样
在湿润的时间里，生长纠缠着薄雾
裸出的根须，紧抓着泥土和岩石
这让我确信每一株植物里
都隐藏着一个人
无法解释的命运，痴缠的，跳不出的怪圈
而江郎山峰就是三根擎天的柱子
在云蒸霞蔚里，构成无声的指引
是的，当我们穿行在两峰夹逼的一线天
两边悬崖如刀，劈向一切可能和未知

更多的时候，这让我觉得逼仄而孤独
像永恒的绝望被一生纠缠
但这一刻是个例外——
十点的阳光多么慷慨地布施着光明——
沿着向上的阶梯
我们攀登在光芒万丈的通道里
被光洗浴，被光融化，被光锻打
在光中——
成为光的影子，成为另一种光

（原载《江苏作家》2015 年第 1 期）

天蒙山之雾

这样的天气
一座山和我都陷在各自的雾里
像各自怀有的梦，无法磨灭

乳白的雾中
山只把一小点真实的世界留给人看
忽而青山隐隐，忽而悬崖绝壁
忽而高山流水，忽而落木枯槁
更多的留白，像幻象

行走在玻璃铺设的悬索桥上
我也如履薄冰，步步惊心
雾穿在身上，梦行走在途中
足以置万险于脚下，让波澜不惊

能够像山一样跃起来多好

仿佛轻盈一跃
就抖掉了周身的浓雾和不被看见的奇险
就跃成了茫茫雨雾中突然凌空万丈的绝美山巅

（原载《诗歌风赏》2019年第1卷）

青 弋 江

我在青弋江的浮桥上徘徊
星空寂寂，江水汤汤
水光倒映着两岸的烧烤店，碧翠庵和旅馆

岸上一个世界，水中是同一个世界
灯光闪耀着近处的亭台楼阁
远方渐隐在黑暗模糊的轮廓里
只有夜鱼偶尔弄出窸窣的响动
转瞬就消隐着沉寂下去

我不知道这条江和另一条江有什么区别
这水中的世界和水外的世界有什么关联

当我融入其中
古老的忧伤变成了手中的烟圈
我在这里思念着什么

喧哗和寂静交汇在这里，这流淌的波澜

如果沿着它流淌下去
除了青蛙热烈鼓叫的力量
除了石头倾听它默不作声地流去
一点灯火在远处闪了一下，很快就像人一样消失了
只有江上的那轮月亮，仿佛一味圆满的药丸

（原载《诗刊》2017 年第 4 期下半月刊）

安 福 寺

在安福寺，净手净心
把你来我往的悲喜和混浊
清洗了一遍，又一遍

在经堂上香，听达照法师
讲忍辱，讲慈悲
身穿袈裟的诗人是香烛点亮的光线

玉兰开成了诗
翠竹和百草在四周，像风中的经幡
一棵玉化树退到经堂后面
它的内心凝聚了上亿年的光泽

站在藏经楼上远眺
寺外是九重山，山外是九重天
所有绝望或幸福的，痛生或欲死的

人人抱着一本难念的经

诵戒，羯摩

在佛陀内外诸法无我，但世界是你的

（原载《诗刊》2018 年第 2 期下半月刊）

从郑氏庄园隐去

1

此刻，我轻唤一声
就会有一个罗衫女子，或者布衣壮汉
从金兽青瓦的阁楼门楣，或者从光线倾斜的天井小院探出身来
素素净净的微笑，和沾着泥巴味的脸
有一缕明清的遗风，裹挟着历史风烟

隐隐约约，巷子里传来孩子们齐刷刷的童谣
“洪福寺，赛北京，郑老妖坐朝廷。
前殿堂来后宫院，内外三道紫禁城。
五朝门前接大马，半夜有人来打更。
粮成山来银成山，郑氏庄园道道关。”
然后，便“噢——”的一声，各就各位
或者，散成一种回声

这时，土围墙上的马车满载麦香，“驾驾——”
朝第二道围墙朝磨坊驶去。馒头坊里刚出笼的
蒸汽，飘呀飘就进了内墙，摆在郑氏家族的餐桌上
刚好的富贵显达，刚好的夕阳
若有若无，仿佛洞穿或者隐去，时空混迹于此
假如我扮作一个过客，客串他们
并不停地和他们打着神秘招呼

2

但庄园疯长的灰灰草覆盖了记忆
记忆成了光复河流淌的另一种传说
如果再一茬一浪地退去，如果前行的风
恰恰吹开灰墙寂静的眼
这眼中青苔，这断瓦残墙，这国有粮仓
寂然流露的，可是一个姓氏的流传、遗忘和不安？

我哑然轻呼了一声
三只青花小白瓷碗，叮叮当当回应着我
在一块大理石板上，从这个很中国的庄园遗址上
一只溢满了昨日的绸缎、心跳和光焰
一只装载着今天的麦子和颓败
一只蓄满了明天的雨水和太阳

但破碎啊，关于保护和重建！但愿它们蓄势待发

不是招徕鸟兽也不是捕具
不是裂帛也不是玉石俱损

3

我无法忽略，郑氏庄园
——这一树冰糖石榴
花开素雅，白如璞玉，多子多福
就像我无法忽略一脉生息繁衍的暗香
就像我无法忽略看园人供桌上的供烛和供画
这些无法忽略的：飞檐、椽子、雕梁、门坊、甬道
一砖一瓦、一草一木，这些散落乡野的象征符号
作鱼贯状，很不经意
和人们交换着不可捕捉的眼神
诡秘的风一样，很快遁入人们相反的方向

唯余更阔大的光圈，在郑氏庄园以外
幽静、或斑驳
间或信步闲庭的妇孺，不疾不徐的岁月
纯朴而恬淡的乡村，细微而美好的生活
若风再吹一阵，远处那些踏浪起伏的
麦子就熟满了壳
就会有联合收割机，轰隆隆辗着晨曦驶过
还会有一袋种子，撒在人们耕耘的路上

（原载《中国诗歌》2010 年第 10 卷）

飞 行

1

飞机收起电子屏，我收起危险的心
巨大的银翅，从窗口深入胸口和双脚齐平
一个人要吐出吞咽下去的苦水
扶住就要倒下去的影子
飞机要除去黑夜和寒冷相遇时
自身凝结的冰霜
冰雾升起，如同暗影消退
这人间大地在脚下
摇晃——后退——颤抖

无需大呼救命，绝望之词隐在救生浮物之中
把所有一切，再爱一遍就可以死了
事实上，我们飞行在云层里

身如浮云，持久的轰鸣交响着
把我们静置，在浓雾的上层

2

看见皎月，悬在雾层之上辽阔的蓝里
看见看不见的村庄，城市，山峰
埋在云雾之下的大地

在茫茫大气里穿行
一个人的声音像鸟语
气流像伟大的演奏家
创造轰轰烈烈的摩擦，轰然的寂静

飞机倾了一下翅膀，我看见了雪
惊叫的雪，流变的雪
笼在所有事物的尖顶上

3

只有在天上，才能和月亮并肩
天空说着和大海的悄悄话

身边翻涌的海，是凝固的雪
哦不，无非是一层人们头顶上的烟云
保持着你和我
冲入云端的想象和力量

4

幻象消失的时候，飞机飞行在黑暗之中
离开了万家灯火，连想象都是黑色的

黑暗中，我们是另一种黑暗
我们看不清彼此，因为看不清自己

似乎总有一种解脱来破狱黑色的囚禁
似乎总有一种宗教送来虚幻的怀抱

5

微弱的灯光落在机舱里
有人游戏
有人叠飞机
有人耳鸣，有人沉睡已经很久了

灯光落在这儿，只有手的影子
反复变幻着天空
投落在大地的阴影
但我需要一支笔，去兑换
从零下 5 度飞向 20 度
飞行，在想象之上
灵魂之上
天空的海洋，空的海洋
需要你，给我一个肩膀

6

但风推翻了所有的想象
灵魂寄居的躯壳是永不止息的飞行器

偶尔有光的闪电划过机翼
我知道那是它自身的光，照着它飞行

落地的时候，我们回到
心生厌倦的地方，也是心生安慰的地方
心依旧是飞不出茧的蝶壳

7

我看到你的时候
我什么也看不见了

后来我看到了整个世界

8

请别打碎了这海一样的梦：美和雪
是另一种真理
天空给了我这么多的棉花糖
让人不再想到死，不再想到生不如死

云的虚幻外衣：尘埃的集居中心
水和水相恋的炊烟
泪和痛的源

——这是离开地面一万米的漂浮物
只有子弹是真实的
我伸出双手，领受这一切赐予
以心痛饮，这交错而迷人的芬芳

9

你看到的不是我，就像
我看到的也不是你，就像
生的高处，罩着一个五十立方厘米的盒子
我们低头生活
各自悲喜，无关离合
星辰以升起的姿势，陨落
所以灰烬是完美的，我们露出了真面目

10

孤独，完整又美好

你是我一直舍不得吃的泡泡糖
稍稍打开，又赶紧包好
后来便独自化了

是的，后来我看到了整个世界

（原载《扬子江诗刊》2018 年第 1 期）

编辑说明

为不断加强青年作家队伍建设，培养和扶持文学新人，推动我省文学事业的发展繁荣，在省委宣传部和有关方面的大力支持下，2001、2012、2015 年，我们分别编辑出版了《文学鲁军新锐文丛》（以下简称《文丛》）第一、二、三辑，共推出 30 位优秀青年作家的代表作品精选集。这 30 位作家现已成为活跃在我省文坛的主力，得到了广泛的认可和好评。为持续推动青年作家队伍建设，省作协于 2018 年 6 月启动了《文丛》第四辑征集编选工作。

省委宣传部领导对《文丛》的编选工作非常重视。省委宣传部主持日常工作的副部长王红勇和省委宣传部副部长程守田多次对编辑出版《文丛》提出指导性意见，给予了大力支持。

为确保《文丛》第四辑编选工作的高质量和权威性，省作协组建了由有关领导、专家等组成的编委会。编委会对入选青年作家的人员构成、文学导向的宏观把握、题材和体裁的合理布局、风格形式的丰富多样以及总体设计的协调统一等方面，进行了认真研究，确定了编选方案。

我们在征集作品时确定，推荐申报《文丛》第四辑的作者应为 1978 年 1 月 1 日以后出生的近年来创作成绩突出的优秀青年作家（特别优秀的可以放宽到 1973 年 1 月 1 日以后出生的）。推荐申报作者的作品须有 4 篇以上在全国重要文学期刊上发表，或有 2 篇以上被全国重要文学选刊选载，或获得过省级以上重要文学奖项。已入选《文学鲁军新锐文丛》第一、二、三辑和中国作协“21 世纪文学之星”的作者不得再申报、推荐。2019 年 8 月，结合“不忘初心，牢记使命”活动的开展，省作协领导研究决定在前期工作基础上，调整优化《文学鲁军新锐文丛》第四辑的编辑出版思路，再次面向全省补充征集了优秀青年作家书稿。

在各市、大企业文联作协和省作协各专业委员会及有关单位推荐的基础上，省作协组织专家对申报《文丛》第四辑的书稿进行了评选。经过认真审读、充分酝酿讨论，最终投票确定了 10 部入选书稿。经向社会公示后，最后确定 10 位青年作家的作品集入选《文丛》第四辑。此次入选的 10 部作品包括 5 部小说、3 部诗歌和 2 部散文，既有崭露头角的新人新作，也有实力作家的代表性作品，均具有较高的思想性、艺术性、可读性，是对我省近年来涌现的优秀青年作家及其代表性作品的一次集中展示和重点推介。需要特别说明的是，近年来我省文坛涌现出的创作成绩突出的文学新人较多，遗珠之憾肯定在所难免。

省作协领导班子成员和有关方面专家参与了《文丛》第四辑的评审、编选、出版工作。省作协党组书记姬德君、省作协主席黄发有牵头统筹《文丛》各项工作。省作协党组成员、副主席李军、葛长伟，省作协副主席刘玉栋、王方晨、孙书文以及张海珊、马兵、丛新强、张丽军、顾广梅、刘青、李纪钊、李春风等专家学者和省作协有关业务单位负责同志参加了《文丛》入选作家作品评审工作，并对《文丛》的编选提出了许多指导性、建设性意见和建议。省作协副主席、创联部主任陈文东带领省作协创联部全体同志承担了《文丛》从征集到评审、出版的各项具体工作。省作协办公室为《文丛》评审、出版做了许多保障性工作。山东文艺出版社对《文丛》的出版工作给予了大力支持和帮助，社长李运才、总编辑张海珊参与了编辑出版的统筹和评审工作，责任编辑李燕、林蕙、王玲玲、李玉玲对书稿进行了精心编辑和校对。在此，谨向所有为《文学鲁军新锐文丛》第四辑编选出版工作给予大力支持和付出辛勤努力的单位和个人表示衷心的感谢！

编者

2019 年 12 月